JN211518

最後の晩ごはん

黒猫と揚げたてドーナツ

椹野道流

角川文庫
20113

登場人物

イラスト／くにみつ

淡海五朗（おうみ ごろう）

小説家。高級住宅街のお屋敷に住んでいる。「ばんめし屋」の上顧客。

夏神留二（なつがみ りゅうじ）

定食屋「ばんめし屋」店長。ワイルドな風貌。料理の腕は一流。

五十嵐海里（いがらし かいり）

元イケメン俳優。現在は看板店員として料理修業中。

最後の晩ごはん 黒猫と揚げたてドーナツ

里中李英（さとなか りえい）

海里の俳優時代の後輩。真面目な努力家。舞台役者目指して現在充電中。

ロイド

眼鏡の付喪神。海里を主と慕う。人間に変身することができる。

五十嵐一憲（いがらし かずのり）

海里の兄。公認会計士。真っ直ぐで不器用な性格。

プロローグ

米を研ぐ。

ボウルに精米した米を入れ、最初の二回は、水をたっぷり注いだら、手でざっとふた混ぜしてすぐ捨てる。

水の中で、小さな白い米粒たちがふわっと舞い上がり、自分の太い指を軽やかに撫でていく感触が、夏神は好きだ。

それから水を切ったままで、しゃっ、しゃっ、と軽い音を立てて米を研ぎ、また素早く水ですすぐ。

水を入れたときの濁り具合を見て、気になるときはさらに研ぎ水の匂いをも確かめながら、同じ手順を数回繰り返し、納得いったところで、米をざるに空ける。

最近、気に入って使っている地元産の蛇紋岩米は、名前こそいかついが、心地よい甘みのある、優しい味わいの米だ。

敢えて浸水の手順を踏まなくてもふっくら炊けるので、あとは炊飯器の釜にセットして、水加減したらスイッチを入れるだけでいい。

定食屋を営業している平日は、毎日の開店時刻に合わせ、旨い飯に炊きあがってくれと、夏神が客たちのために続けている作業である。

しかし、休日に飯を炊くとなると、話は別だ。

休日の飯は、自分ひとりだけのために炊く。

同居人ひとりとひとつ……いや、もう面倒なので、「ひとつ」のほうも「ひとり」とカウントするとして、その二人が食事を共にするかどうかはわからないし、基本的に、休日の食事は各自、勝手に作って食べるということになっている。

気が向かない限り、わざわざ彼らの分まで用意することはしない。

気遣いや親切のつもりのお節介は、ときに相手へのプレッシャーになることがある。そうした小さなストレスの積み重ねが、いつか人間関係に望まない歪みを生んでしまいそうで、夏神は怖いのだ。

たくさん作らないと美味しくない惣菜を、たまにメモを添えてお裾分けとして置いておく。そのくらいで十分だと彼は考えている。

特に期待してはいないが、たまに、顔のわりにあまり綺麗ではない字で「よかったら」と走り書きした付箋つきの、ちょっとした一品が冷蔵庫に入っているときがある。

同居人、そして料理人としては夏神の弟子である海里が作ったものだ。

休日に料理をすることは、海里にとって大事な修業の一つだし、それを試食して感想を言うのは、師匠としての夏神の時間外サービスのようなものだ。

旨ければ素直に褒めるし、夏神のレパートリーにない料理なら、ときには定食屋のメニューに採用することもある。

今ひとつなら「俺は好きやない」と正直に言うし、明らかな改善点があるなら、それは必ず、出来るだけ簡潔に告げるようにしている。

海里は飲み込みがいいので、あまり言葉を重ねなくても、夏神の言わんとすることをすぐに悟ってくれる。

自分には過ぎた弟子だと、夏神はいつも思う。

「そういうたら……まだちょこっと残っとったな、あいつの作った奴」

炊飯器の蓋（ふた）を閉めてそう呟（つぶや）き、夏神は冷蔵庫を開けた。

取り出したのは、小さな密封容器である。

中に入っているのは、小芋の煮っ転がしだ。

少ない素材、短い手順で作れるありふれた料理だが、それだけに、調理過程のあちこちにコツがある。

爪楊枝（つまようじ）で小さな丸い芋を一つ突き刺して口に放り込み、咀嚼（そしゃく）しながら、夏神は「んー」と小さく唸（うな）った。

「あいつの、悪いとこが出とるなあ」

そんな呟きが、思わず零（こぼ）れる。

サバサバした言動のわりに、海里は神経が細やかで、それゆえに、慎重になりすぎるきらいがある。

今、夏神が頬張っている小芋の煮っ転がしには、そんな海里の性格が如実に表れていた。

油の量を控えた上、炒め方が足りなかった結果、香ばしさが感じられない。

出汁を使わず水で煮たのは、素材の味を真っ直ぐ生かすためだろうが、これまた砂糖を少なめにしたせいで、こくが出ていない。

さらに醬油を入れてからは、焦げ付きを恐れてか、汁の煮詰め方が甘い。

作りたてはそれなりに美味しいだろうが、時間が経つと、そういう粗はどんどん目立ってくるものだ。

ほんの少しの過不足が、味に大きく影響する。

夏神にそんなことを言葉でなく実践で教えてくれたのは、大阪で洋食屋を経営していた亡き師匠だった。

自分にはまだ、彼のように腕だけで雄弁に語りかける技量はなさそうだ、と夏神は思う。

だからこそ、手と口、両方を使って教えてやらねばならない。

「季節外れもええとこやけど、小芋の煮っ転がし、今度、店で出すかな。横についていっぺん作らしたら、あいつのこっちゃから上手うなるやろし」

思案しながら、夏神は最後の小芋を口に入れた。

料理人とは違う次元の自分が、旨い、と言っているのがわかる。

無論、欠点はわかっているし、極上の仕上がりにはほど遠い。師匠としては、「芋が可哀想や」と叱るレベルである。

それでも旨いと感じるのは、夏神の人としての情がなせる業だ。

ぶっきらぼうなメモからは、海里の照れと不安と熱意が感じ取れる。

まだ客に出す料理はそう多く任せられない彼が、今の自分の精いっぱいで、夏神に食べさせたい、感想を聞きたいと一生懸命に作った姿が、夏神の脳裏にはありありと浮かぶ。

お裾分けの形を取っているし、実際、彼自身も食べたのだろうが、これは明らかに夏神のための料理だ。

その事実こそが、ありがたく、「旨い」のだ。

「誰かが、自分のために作ってくれたもんは、格別に旨いんやなあ」

空っぽになった容器をシンクに運びながら、夏神はふとそう漏らした。

誰かのために、料理を作る。

それは、夏神と海里が、定食屋でいつもしている行為だ。

ひとりひとりの客のために、誠実に一品一品、仕上げていく。

しかし、それはプロとしての彼らがすることなのだ。

どれほど心がこもっていても、そこには、「客が満足するレベルの料理を出し、定めた代金を受け取る」という、言わばギブアンドテイクの関係がある。

そうではなく、ただひとりの人間として、親しい人、想いを寄せる人のために、愛情をこめて作った料理。

美味しいと言ってほしくて、喜んでほしくて、ただそれだけのシンプルな気持ちで作った料理は、食べる者の舌だけでなく、心にも響く。

(ガキの頃は、そういう飯を毎日食うてたんやな。お袋が作ってくれた、たまには親父が作ってくれた飯は、そういうもんやったんや)

密封容器を綺麗に洗って水切り籠に置き、夏神は動きを止めた。

天井を仰げば、昭和の家のやや薄暗い台所で、分厚く輪切りにした大根の皮をくるくると剝いていた母親の肉付きのいい背中がありありと思い出せる。

今夜はふろふき大根だと言われて、そんなものより肉がいいと偉そうに言い返していた、思春期の自分の姿も思い出す。

(どついたろか、当時の俺)

お前は知らないだろうが、お前が毎日食っているその料理は、いつかはどんなに望んでも食べられなくなるものなのだ。

もっと味わって、もっと感謝して食え。

その味を、しっかり記憶に刻み込め。

過去の自分の胸ぐらを摑んでそう言ってやりたい気分になると、目の奥がじんわりとくる。

しかし、そんなアクションとは裏腹に、切ない気持ちは後から後から胸に湧き出して苦笑いで呟いて、夏神は感傷を心から追い出すように、勢いよく首を振った。

「ああ、アカン。こんなんで泣いとったら、情けないにも程がある」

痺れてくる。

「もっぺん食いたいなあ、お袋の作るふろふき大根」

今となっては、母親がどのメーカーの調味料を使い、どんな風に味つけしていたのか、知る由もない。

しかし、思い出と共に、おぼろげに記憶に残る頼りない味をたぐり寄せようとするように、夏神はそっと目を閉じた……。

「そうだ、京都、行こう」

　突然やけにはっきり聞こえたそんな声に、五十嵐海里は重い瞼を半分だけ開けた。

　開け放った窓からは、網戸越しの明るい陽射しと、爽やかな五月の風が存分に入ってくる。

　首を巡らせると、枕元に置いた目覚まし時計は、午後十二時十六分を指していた。

「うう……」

　海里は、布団代わりに腹に掛けていたタオルケットをノソノソと引っ張り上げ、顔を覆った。そのまま、二度寝に突入しようとする。

　今日は土曜日、彼が住み込みで働く定食屋「ばんめし屋」は定休日だ。

　店は終夜営業なので、就寝したのは午前八時過ぎだった。まだ四時間しか寝ていない。

　寝る前に携帯電話を弄る悪い癖があるので、実際の睡眠時間はそれより短いはずだ。

「ああくそ。まだ早いじゃねえか」

　海里は寝起きの掠れ声で悪態をついた。

芸能人時代はろくに眠れないことなどざらだったし、平日ならその程度の睡眠時間でもどうにか起き出せるが、休日に六時間以上眠らないと、無性に損をした気分になってしまう。

柔軟剤の香りが僅(わず)かに残ったタオルケットに鼻を押しつけ、いったんは目を閉じた海里だが、「や、ちょっと待て」と呟くとむっくり起き上がった。

案の定、壁にもたれて畳の上に座っている男の姿が目に入る。両脚を伸びやかに投げ出し、ズボンの腿(もも)の上に雑誌を広げている。実にリラックスした姿勢だ。

「やっぱりお前かよ、今の声」

海里の口から、げんなりした声が漏れた。

もはや初夏だというのに、ツイードのジャケットや毛織りのベストをきっちり着込んだ、初老の白人男性。

実は、彼の正体は人間ではなく、「眼鏡」である。

偶然、公園に打ち棄てられているところを海里に拾われた古いセルロイドの眼鏡には、なんと魂が宿っていた。

彼は、命の恩人である海里をご主人様と定め、今はこうして時々人間の姿になり、定食屋の仕事を手伝ったり、一緒に遊びに出掛けたりしている。

人間のときは、きまって彼を作ったイギリス人……六十代くらいの白人男性の姿なので、海里とは実に珍妙な取り合わせになってしまうのだが、どうしても他の形態にはなれないらしい。

冷静に考えれば実に不可思議な存在だが、海里にとっては、今や僕というより、ルームメイトも同然だ。

「おや、ずいぶんとお早いお目覚めでいらっしゃいますね、海里様。おはようございます。もうお昼ですが、芸能界ではいつ何どきでもそう挨拶するのでございましょう？先日、テレビでさような知識を得ました」

とぼけた表情で挨拶をする、見た目にも実際にも自分よりずっと年上の「眼鏡」の温厚そうな顔を、海里は恨めしげに睨んだ。

「おはよ。芸能界じゃなくても、起きたときが『おはよう』を言うときで、別にいいだろ。つか、俺が起きたのは、お前のせいだっつの」

「はい？　わたしのせい、ですか？」

落ちついた見た目に似合わぬ可愛い角度で首を傾げるロイドに、海里はボサボサの髪を片手で撫でつけながら言った。

「さっきの、京都なんとかっての。お前が言ったんだろ？」

するとロイドは、ああ、と頷き、膝の上で広げていた雑誌を、海里のほうに開いたまま向けた。

「こちらに、でかでかとそう書かれていたものですから」

「あー……、やたら有名なJRの広告な。俺も駅とかで見たことあるわ。で、何でそれをわざわざ声に出して読んだわけ？」

　眠くて不機嫌そうな主に構わず、ロイドは屈託のない笑顔で答えた。

「まさに、わたしも京都に行きたいものだと思っていたところだったのです。まるでこの広告に背中を押されたような心持ちになって、つい読み上げてしまいました」

「……京都、行きたいんだ？」

「はい。昨夜、お客様がマガジンラックにご寄贈くださいましたガイドブックを眺めておりましたら、美しい写真ばかりではありませんか。無性に行きたくなりました」

「ふうん。お前、京都に行ったことないのか？　その、前のご主人様の鼻の上に載っかって、一緒に……とか。わりとメジャーな観光地なのに」

　ロイドは少し考えて、かぶりを振った。

「ございませんねえ。前の主は、あまりお出掛けを好まれませんでした。書斎にこもって読書をなさったり、何やら書き物をなさったり。あるいは庭に出て、木々を眺めたり。そのような静かな暮らしをお好みでした」

「へえ。いわゆる、意識高い系の引きこもりだな」

　いささか雑な納得をして、海里は大欠伸をする。ロイドは、そんな主の様子にお構いなしに、興味津々で問いかけた。

「我が主は、京都を訪問なさったことがおありで？」

　欠伸と地続きの伸びの途中で動きを止め、しばらく考えてから、海里は鈍く頷く。

「ん。中学の卒業旅行が京都だったな。けど、寺や神社めぐりばっかで、あんま覚えてないんだよ。精進料理は物足りなかったし、坐禅体験とか写経体験とか、正直、拷問レベルの何かだった」

それを聞いて、ロイドはちょっと悲しげな顔つきをした。

「……ほう。海里様にとって、京都はあまり魅力的な地ではなかったのですか？」

「今行きゃ全然違うんだろうけど、当時はガキだったからな。俺、あんま歴史とか興味なかったから、古都って言われても、全然ピンと来なくてさ。むしろ大阪へ移動して、たこ焼きを大騒ぎしながら自分たちで焼いて食ったり、USJではっちゃけたりした記憶なんかは、はっきり残ってるんだけど」

「おやおや。それはそれで、たいへん楽しそうでございますが」

「まあな。そのあとは、高校の遠足でいっぺん……あ、あと、仕事を始めてから、テレビ番組のロケで何度か行った。老舗料亭の厨房に入って取材させてもらったり、伝統工芸の技に挑戦したり、そういう体験番組。確かに、そんときに食わせてもらったもんは、すげえ旨かった」

「それはそれは！　伺うだに素晴らしいではありませんか。一流の方々の卓越した技術と職人魂に触れる、有意義な経験であったのでは？」

海里は、苦笑いでTシャツの肩を竦めた。

「それがどんだけ特別扱いの大サービスだったか、貴重な機会だったかってことは、今になってわかるんだよなあ。当時は、カルチャースクールの体験レッスンくらいに思ってた。勿体ないことしたし、失礼なことしたなって思うけど、後の祭りって奴」

「ははあ……」

「簡単に会えるような人たちじゃないし、滅茶苦茶忙しそうだったし、俺のことなんか忘れてるだろうし、今さら謝りに行ったって、かえって迷惑になる」

「若気の至りというのは、のちのちまで祟る、げに恐ろしきものでございますな」

「ホントにな。っつか、人をオッサンみたいに言うなよ。傷つくだろ」

幾分不満げにそう言うと、海里はよっこいしょとどう考えても年寄りくさいかけ声と共に立ち上がった。

また眠くなるかもしれないと考え、布団はそのままにして部屋を出る。洗面所でざぶざぶと顔を洗い、歯を磨くと、彼は急で幅の狭い階段を注意深く下りた。

「……なんか、複雑にいい匂いがする」

最後の段を下りきるより先に、鼻をくんくんさせながら海里はそう言った。

休業日だというのに、カウンター内の厨房には、この店の主であり、海里にとっては料理の師匠でもある夏神留二の姿があった。

店に出るときと違い、夏神はスエットとTシャツというラフな姿、しかも長めの髪を上半分だけざっくりと輪ゴムで留めていた。

鹿のようにふんふんと匂いを嗅いでいる海里に「ええ鼻やな」と笑った夏神は、菜箸を持ったままの手を軽く上げ、挨拶をした。

「おはようさん。えらい早いやないか。どっか行くんか？」

「おはよ。別に何の予定もないけど、ロイドの奴に起こされたから、中途半端に目が覚めちゃってさ。とりあえず起きることにした」

　海里は挨拶を返し、カウンターの中に入って冷蔵庫から樹脂製の四角いボトルを取り出した。地元のいかりスーパーマーケットで買ってきたオレンジジュースだ。

　ストレート果汁を冷凍した状態で販売していて、目の前でオレンジを搾ってもらったような、素晴らしくフレッシュな味がする。

　モロゾフのプリンの空き容器になみなみと注ぐと、おおよそ二百ミリリットル。起き抜けの一杯には、ちょうどいい量だ。

　オレンジのほどよい酸味で眠気を払うのが、やや蒸し暑い日が増えて来た最近の、海里のお気に入りである。

「あっ、海里様、わたしも頂戴しとうございます」

　さっきのガイドブックを小脇に抱えて階段を下りてきたロイドも、いそいそと自分のカップを取り出し、海里にお裾分けをねだる。

「へいへい。夏神さんも飲む？」

　ボトルを軽く持ち上げて海里が訊ねると、夏神は苦笑いでかぶりを振った。

「俺は、酸いぃ飲みもんは、あんま得意やないねん。胃が焼ける」

「へえ。食べるほうは、酢の物とか全然平気なのにな」

意外そうに言いつつ、海里はロイドのマグカップにも、オレンジジュースを気前よく注いでやる。

これといって意味のない乾杯をして冷たいジュースを一息に飲み干してから、海里は夏神の手元を見て、「あれ？」と小首を傾げた。

「つか、何してんの？　夏神さんこそ、どっか行くわけ？」

てっきり自分用のブランチでも作っているのかと思っていた夏神は、何故か、弁当箱を並べ、何やら細々と作っている最中のようだ。

海里は、てっきり飲食店経営者仲間か、ボルダリング仲間と出かけるのかと思ったが、夏神は照れ臭そうに笑って、こう言った。

「いや、俺も特に予定はあれへん。せやけどなんや急に、弁当が食いとうなってな」

「お弁当でございますか？　あの、ＪＲ芦屋駅の改札近くで売っている、駅弁とかいうものの類で？」

さっそく、マグカップを持ったまま、ロイドがワクワクした様子で近づいてくる。

夏神は、鮮やかな手つきで牛蒡を細めのささがきにしながら、笑ってかぶりを振った。

「あないに贅沢なもんやない。ただ昔、遠足やら運動会やらの日に、うちのお袋が作って持たしてくれたような、素朴な弁当が食いたぁなった」

「ほほう、ご母堂の」

「もうお袋はこの世におらんから、作ってくれて頼むこともできへんやろ。しゃーないから、昔、お袋が作ってくれた料理やら味つけやらを思い出しもって、自分で作ってみることにしたんや」

「なるほど、では思い出の手作り弁当というわけでございますね。まさに世界にオンリーワンではありませんか」

「まあ、オンリーツーやな。親父も、会社勤めしとった頃は、毎日、弁当提げて行きよったから」

「なるほどな……」

海里は、形のいい眉を曇らせた。

昔、夏神が冬山で遭難したときの一連の騒動がもとで、彼の両親は死期を早めることになった……と、以前、聞かされている海里である。ロイドほど無邪気に、家族の話題には入っていけない。

だが、そんな海里の遠慮を敏感に察知したらしく、夏神は眉尻を下げたちょっと情けない笑顔で、「アホ」と言った。

「そない、気ぃ遣いな。誰にでもあるノスタルジーってやっちゃ」

「ん……ゴメン、むしろ逆に、夏神さんに気を遣わせて悪ぃ。けど、なんで、弁当箱三個も？　そんなに食うの？」

「アホか。昔ならともかく、今そないに暴食したら死ぬわ。お前らの分に決まっとるやないか」

「えっ、マジで？　そんな出血大サービス⁉」

「おや！　わたしどもにも、ご母堂の味のお裾分けをいただけますので？」

驚きを露わにする海里と、感激した様子で両手の指を組み合わせるロイドに、夏神は呆れ顔で言った。

「お前ら二人とも、別ベクトルで大袈裟なやっちゃなー。弁当一個って、逆に作りにくいんや。三個くらいがちょうどええ。よかったら食うてくれへんかっちゅう話や。迷惑やなかったらな」

海里もようやく事情を理解して、ごく自然に壁に掛けたフライパンをとり、火にかけた。

「作りやすさの問題か。そんならわかるし、超ありがたく食う！　つか、そういうことなら手伝おうか？　きんぴら？」

「や、作るんは俺がやりたいねん。油だけ引いてくれ。気持ちだけごま油を混ぜてな」

「オッケー」

海里は慣れた様子でフライパンに大さじ一杯弱の米油を引き、そこに夏神のリクエストどおり、ほんのちょっぴりのごま油を垂らした。

「こんなもん？」

「おう、十分や。ありがとうな。ほな、あとは俺がやるわ」

夏神はささがきにした牛蒡の水気をよく切って、フライパンに投入した。それから、細かく切って軽く湯がいたこんにゃくも半枚分入れ、強火のまま、菜箸でざっと牛蒡と混ぜ合わせる。

熱い油に蒟蒻がジジッと鳴いて生き物のように跳ね、ごま油の香ばしい匂いが漂う。

「おお、そのようなきんぴら牛蒡もあるのですか。普段、お店に出すのは人参入りであったように記憶しておりますが」

夏神は、ジャッジャッとフライパンを煽りながら、こともなげに答えた。

「きんぴらは、歯ごたえのええ野菜を使うて、好きに作ったらええねん。俺の母親は、ようこうして、弁当のおかずのきんぴらには蒟蒻を入れてくれよった。昼に食う頃には、冷めて味がよう浸みて旨いんや」

「ははあ、なるほど」

「ま、今日は出来たてを食うてもらうけど、それでも悪うはないと思うで」

油が馴染んだところで、夏神は目分量で酒と醤油、それにザラメで味を付けた。牛蒡の歯ごたえを損なわないよう強火で水分を煮詰め、つやが出てきたところで琺瑯のバットに空ける。

仕上げにいり胡麻をたっぷり振りかけてから、夏神はちょいと菜箸できんぴらを摘まみ、味見をした。

「ああ、こんな味やったな。お袋が作るきんぴらは、ちょい甘めやった。みりんやのうて、ざらめの濃いぃ甘さで正解やな」

まだ口をもぐもぐしつつ、夏神は弁当箱を指さした。

「よっしゃ、これで料理は揃った。弁当箱の広いほうに、飯をよそってくれ。持ち歩くわけやないから、あんましぎゅうぎゅうにせんでええ。六割くらいでええわ」

「あいよ」

「お手伝い致します！」

いかにもつまみ食いしたそうな顔できんぴら牛蒡を凝視していたロイドだが、いよいよ弁当が完成に近づいたと知って、いそいそと弁当箱を炊飯器の傍に並べ始める。

海里は炊きたての艶やかな白飯を、夏神の指示どおり、アルミの四角い弁当箱の六割ほどのスペースに、ふんわり軽く盛りつけた。

弁当箱自体が大きめなので、それでも十分な量になる。

「俺たちみんな育ち盛りじゃねえから、こんなもんだよな」

しゃもじでご飯の表面だけを軽くならし、海里は弁当箱を夏神に見せた。

「これでいい？」

すると夏神は、満足げに頷いて、客席側の壁を指さした。

「おう。ほな、それそこに置いて、ちょー、あっち向け」

「は？」

「何故でございますか？」

キョトンとする二人に、夏神はニヤッと笑ってみせた。

「弁当っちゅうんは、蓋開けたときがいちばん楽しいんやないか。詰めるとこ見とったら、驚きも何もないやろ。出来上がるまで、こっち見んな」

「なるほど！　弁当というのは、宝箱のようなものなのでございますな。かしこまりました」

そう言うが早いか、ロイドはカウンターから飛び出した。そして、カウンターの中が見えないようにテーブル席に座ると、ガイドブックを広げた。

「ではわたしは、こちらで読書に勤しむことに致します」

「……んじゃ、俺も一緒に見てよっかな」

厨房で、師匠の夏神がすることをすべて見ていたいが、彼の気持ちを無視できるほど厚顔でもない海里である。ここは素直に引き下がり、ロイドの隣の椅子に座って、ガイドブックを覗き込んだ。

「お、京都タワーか。駅から一歩出るなり、真正面にどーんと立ってるから、さすがにこれは覚えてるな」

「ビルの上に、和蠟燭を模したタワーが建っているのですね。なかなか斬新です」

「だよな。京都っつったら、最初に思い出すのはこいつだもん。そん次は……んー、八つ橋と、清水寺と、八坂神社が同率くらい？」

さっきよりは積極的に修学旅行の記憶をたぐり寄せる海里に、ロイドも楽しげに言葉を返した。

「清水寺と八坂神社は、是非行ってみたいと思っておりましたよ！　八つ橋というのは、どのあたりの地名なのでございますか？」

　大真面目にそんな質問をするロイドに、海里は苦笑いする。

「八つ橋は、地名じゃねえよ。たぶん京都で、いちばんメジャーなお菓子。焼いた奴もあるらしいけど、俺は食ったことない」

「お菓子、ですか。焼いたもの以外に、何があるのでございますか？」

「そりゃ、生だよ。生の奴は中身があんこで、それを……あれ、どう説明すりゃいいのかな。なんかねちっとした、四角くて平べったい生地で二つ折りに包んであるんだ。あんこ抜きの、皮だけってのもあるらしい」

「ほうほう！」

「で、皮にはたいてい肉桂が利いてて、中身のあんこは、店によっては変わった味の奴もある」

「変わった味、とは？」

「覚えてんのは、みかんとかラムネとかチョコバナナとか桃とか……。最初は罰ゲーム級の食い物かと思ったけど、試食してみたら、意外といけた」

「味については想像もつきませんが、いかにも面白そうでございますね」

「まあな。修学旅行だったから、余計わーわー盛り上がっちまってさ。店の人もいっぱい試食出してくれてて、楽しかったな。あっ、勿論、食ってばっかじゃなくて、家にお土産で買っていったぞ。確かブルーベリーか何かの味の生八つ橋」

「ブルーベリーとはまた新しい。ご家族様は何と？」

当時のことを思い出したのか、海里は人差し指の先で頰をポリポリと掻いた。

「母親は面白がって、けっこういける！　って言ってくれたけど、兄貴は嫌な顔して、手を出そうともしなかったな。頭が硬いだけじゃなくて、食にも超コンサバだからな、兄貴。今なら、奈津さんが代わりにきゃーきゃー喜んで食べてくれそうだし、兄貴の口にも、無理矢理一つねじ込んでくれそうだけど。あと、下手すりゃ仁木さんも流れ弾に当たる……」

「まさに、割れ鍋に綴じ蓋、そして戦友であらせられますなあ」

可笑しそうに相づちを打ち、ロイドはしみじみと雑誌のページを眺めて言った。

「それにしても、京都というのは、見所が数え切れないほどあるのですねえ。一度や二度の訪問では、すべてを網羅するというわけにはいかないようです」

あまりにも当たり前な感想に、海里はこともなげに言い返す。

「そりゃ、京都は、外国からもわざわざ観光客が来るようなとこなんだし、見所満載じゃないと、逆に困るだろ。JRなら一本で行けるんだから、何度も行けばいいじゃん」

「おや、そう何度もおつきあいいただけますので？」

期待に満ちたロイドの眼差しに、海里は軽くのけぞる。

「はあ？　何でそうなるわけ？　やだよ、週末の京都なんて、行き帰りの電車が滅茶苦茶混むだろ。ひとりで行けよ……って、そりゃ無理なのか。お前、俺とあんまり長く離れると、人間の姿をキープできないんだっけ。どのくらいの時間で眼鏡に戻っちまうのか、わかんないのか？」

「おそらく、けーすばいけーす、とかいうものでございましょう。それこそ、京都タワーのてっぺんで眼鏡に戻ってしまうやもしれず……」

「うああ、めんどくせえ眼鏡だな！　そんなことになるくらいなら、まだ俺がついていったほうが全然マシじゃねえかよ」

「はい、ですから是非ともご一緒に」

「それも真剣にめんどくさい……」

そんな二人の他愛ない会話を聞きながらせっせと菜箸を動かしていた夏神は、満足げに息を吐き、「よっしゃ」と言った。

「お、完成？」

顔を上げた海里に、夏神は笑顔で頷く。

「おう、ええ感じで出来たで。さて、食おか……っちゅうても、このまま店の中でっちゅうんも情緒があれへんな。せめて表に出よか。天気もええみたいやし」

そんな提案に、海里とロイドは顔を見合わせ、同時に笑顔になった。

「近場ピクニックだな。そんじゃ、魔法瓶にお茶入れてこうぜ。俺、準備するわ」

「では、わたしは……何を致しましょうか」

手持ち無沙汰なロイドに、夏神は「せやなあ」と少し考えてから答えた。

「ほな、弁当箱をナプキンに包むん、手伝ってもらおか」

「かしこまりました！」

まるで小さな子供に頼むような「お手伝い」ではあるが、ロイドはガイドブックをそのままに、いそいそとカウンターの中へ戻っていく。

「遠足っつーと、やっぱ麦茶かな。や、でも今の季節は、ほうじ茶もまだまだ捨てがたい……」

まだ身体に眠気の残渣はあるものの、思わぬ展開に、心は完全に覚醒している。

海里は元気よく戸棚を開け、茶葉をガサガサと物色し始めた……。


店の前の道路を渡ると、そこには芦屋市を南北に貫いて、芦屋川が流れている。

川自体は、普段はさほど水量が多くないのだが、そこは山と海が近い土地柄、豪雨時の水害を警戒して、川幅を広く取ってある。

川の両側に造られた遊歩道は、住民たちの格好の散歩、あるいはランニングのコースである。

だが、昼時は意外と人が少ないので、三人は遊歩道の縁の段差部分をベンチ代わりに並んで腰掛け、川の流れを見下ろしながら、弁当の包みを開いた。

「じゃ、ありがたくいただきます！」

「おう、こっちこそ付き合うてくれてありがとうな」

そんな師弟の会話を余所に、いつものおっとり加減はどこへやら、「頂戴します！」と物凄い早口で言うなり、ロイドはアルミの弁当箱の蓋を勢いよく開けた。

「あっ、てめえ、ご主人様より先に中身を見るとか、ねえだろ！」

海里も、蓋を取ったときの新鮮な驚きを損なわれてたまるものかと、大急ぎで弁当を開けた。

次の瞬間、今度は主従の口からほぼ同時に、「おお！」と感嘆の声が上がる。

夏神が作ったのは、いわゆる「そぼろ弁当」だった。

挽肉を甘辛く煮たものと炒り卵を、白飯の上に半々で敷き詰め、境界線には、茹でて細い斜め切りにしたインゲン豆を配置してある。

それに添えられたおかずは、サツマイモの甘煮、さっき作ったばかりのきんぴら牛蒡、それに炒めたウインナーと、茹でたブロッコリー、そしてプチトマトだ。

いかにも素朴な素人っぽい弁当ではあるが、どれから箸を付けようかと胸が躍る構成である。

「超旨そう……そして、旨い！」

ご飯の、肉そぼろ部分と卵部分を同時に箸で口に運び、海里は子供のような笑顔になった。

「そらよかった。……おう、我ながら、よう出来とる」

自分も大きな口でそぼろご飯を頬張り、夏神は満足げに頷(うなず)いた。

「夏神さん、これ、鶏(とり)ミンチじゃなくて……合挽(あいびき)？　いや、牛ミンチか」

「せや。うちはいつも牛で作っとったな。お前んとこは違うんか？」

海里は軽く首を傾げた。

「うちは鶏だったんじゃないかな。うちの母親は、あんまり作らなかったけど」

「へえ？　そぼろ飯言うたら、弁当の定番かと思うとったけど、違うんかな」

不思議そうな夏神に、海里はちょっと気まずそうに言った。

「や、滅茶苦茶恥ずかしい話なんだけど、俺、高校まで箸使いがマジで下手でさ。そぼろご飯だったら、スプーンで食えるから楽だろ？　母親はそれじゃいけないと思ったらしくてさ。わざと箸を使わなきゃいけない弁当ばっか持たされた」

「母の愛でございますねえ」

ロイドは感心しきりで、柔らかく煮たサツマイモを箸でざくりと突き刺す。

お前も行儀が悪いなとすかさずツッコミを入れながらも、海里は素直に頷いた。

「だよなあ。今にしてみりゃありがたいと思うよ。当時はうざかったけど」

「悪いやっちゃな。……せやけど、イガ。今、お前の箸使いは別に悪うないぞ。どっちか言うたら、綺麗(きれい)なほう違(ちゃ)うか？」

「んー、それは」

海里はきんぴら牛蒡をじっくり味わいながら、照れ臭そうに答えた。

「ミュージカルで役を貰ったあと、猛練習したんだ。俺が演じたキャラクター、とにかくお育ちがよくてさ。マンガの中でも、箸使いが綺麗で、テーブルマナーが完璧って描写が何度かあるんだよ。だから……」

夏神は、軽い驚きにギョロ目を瞠る。

「は？　舞台の上で、飯食うシーンがあったんか？」

「いやいや！　さすがにそんなシーンはないけど、ほら、俺、ずぶの素人だっただろ？　もう、何から何までキャラクターに合わせて、なりきるしかないじゃん。だから、箸使いもテーブルマナーも、ネットで調べて、動画を見ながら練習したんだ」

「……お前のそういうとこは、ホンマに偉いな」

「当たり前だろ、そんなの」

「それが当たり前なんが、偉いて言うてんねん。やり過ぎやっちゅう意味やないで？　当たり前のことを当たり前にこなすんは、意外と難しいことやから褒めたんや」

「そういうもんかな」

「そういうもんや」

やけにきっぱりと夏神に褒められて、海里は鼻の下を擦り、はにかみつつも喜ぶ。

そんな主をやはりにこやかに見守りながら、じっくりと弁当を味わい、ロイドはうっとりした顔で目を閉じた。

「これが、夏神様のご母堂の手作り弁当の味なのですねえ。とても美味しゅうございます。お目にかかってみとうございました」

それを聞いて、夏神は少し困った顔になる。

「旨いて言うてくれるんはええけど、うちの母親の味そのものとは違うねんなあ。一生懸命真似て作ってみたつもりやけど、やっぱし何か違う。そっくり同じにはならんもんや」

「……そういうものなのでしょうか」

「同じ材料、同じ手順でやっても、料理の味っちゅうんはそうそう同じにはならん。料理人の癖があるからやろな。……もっとも、ちゃんと作るとこを見とったら、もっと近づけたんやろけど」

夏神は、腿の上に置いた弁当箱を見落とし、嘆息した。

「言うても詮無いことやけど、もっぺんお袋の弁当が食いたいな。今やったら、買い物から付き合うて、一緒に台所に立てるのにな。なんで当時はせんかったんやろ。どっかで、母親はいつまでもおるもんやと思い込んどったんやろなあ。アホやな、俺」

「……夏神さん……」

あまりにも自然に、母親への慕情と深い後悔を口にした夏神に、海里は咄嗟にかける言葉を見つけられず、口ごもる。

そんな海里の困惑の表情に、自分がずいぶん感傷的なことを言ってしまったと気付いたのだろう。夏神は大きな手でバリバリと頭を掻き、照れ隠しのように説教めいた口調で言った。

「ええか、イガ。孝行をしたいときには親はなし、っちゅう奴や。お前にはまだお袋さんがいてはんのやし、せっかく近くに住んではるんやから、ちょいちょい帰って孝行せえよ」

「あ……う、うん。そうだな。努力する」

それきり夏神は黙って弁当を掻き込む。海里も、つられて妙にしみじみした気持ちで、自分の母親が作ってくれた弁当のことを思い出しながら、夏神の弁当を一口ずつ嚙みしめるように味わったのだった。


五月の午後の陽射しは決して弱くはないが、汗だくになるほどは強くもない。短いピクニックには、ちょうどいい上天気である。

三人は、食後もすぐに帰ろうとはせず、熱いほうじ茶を飲みながら、のんびりと日なたぼっこを楽しんでいた。

「そうそう、京都には鴨川という川があり、やはり河原では、このように人々が集い、くつろぐのだそうですよ」

目の前を通り過ぎる小犬と飼い主を目を細めて見送り、ロイドはそんなことを言いだした。海里は思わず苦笑いする。

「お前、まだ京都を引きずってんのかよ。けっこうしつこいな」

「ずっと引きずっておりますよ。行きたい気持ちは募るばかりです」

主のからかいに、ロイドは大真面目に言い返す。すると夏神は、紙コップを置いて、

「京都なあ」と言った。

海里は、ちょっと興味を惹かれて、夏神に訊ねた。

「夏神さんも、京都に行きたい派？」

すると夏神は、そうやなあ、とおっとり頷いた。その顔には、弁当を食べていたときの悲しげな表情はもうない。

「久しく行っとらんから、そろそろ行ってみてもええな。京料理のちょっとええ奴も久々食いたいし、食器をな……」

「食器？」

思わぬ言葉に、海里は目をパチクリさせる。夏神は頷いて、後ろ手で店を指さした。

「あの店開くときは、予算カツカツやったからな。数を揃えるんがやっとで、食器に凝るなんちゅう余裕はとてもなかったんや。せやから、うちの店で使うてるんは全部、お世辞にもええ食器とは言われへんやろ」

あまりストレートに肯定するのも気が引けて、海里は曖昧に首を振る。

「んー、まあ、高級食器ってわけじゃないとは思ってたけど」

「アホ、遠慮せんでえぇっちゅうねん。大量生産の安もんや。一部は、焼いとる途中で歪(ゆが)んでしもたような、わけありの奴まで動員しとる」

「そこまで？」

「おう。せやけど、店もまあ軌道に乗ったし、ちょっとずつ、お客さんに還元したいと思うてな」

「いい食器を使うってこと？　洗い物に気を遣うな〜」

「割ったらクビでございますな」

そんな妙に息のあった主従のコメントに、夏神は今日何度目かの「アホ」という言葉を口にした。

「そこまでええ奴とは言うとらん。うちは定食屋やから、料亭みたいな真似はできんて。せやけど、やっぱし料理は目でも楽しめるようにしたいし、それには器っちゅう要素もあってしかるべきやろ」

「それはそうだな。確かに、テレビで料理コーナーを受け持ってた頃、コーディネーターさんがいつも、滅茶苦茶オシャレな食器を用意してた。北欧のとか、ポーランドのとか。それに盛りつけると、すっげー適当な料理でも、豪華に見えたりしたよ」

我が意を得たりと、夏神は大きく頷(うなず)く。

「せや。勿論(もちろん)、味で勝負する姿勢は変わらんけど、料理が旨(うま)そうに見えたり、食べやすかったり、そういう食器をちょっとずつ揃えていきたいなーと思うとる。そんなんをそれなりの値段で買える店が、京都やったらありそうやなと」

「なるほど。食器の買い付けか。俺も、そのへんにはもうちょっと、興味を持ったほうがいいかもな。盛り付けって大事だし」

ふむふむと頷く海里に顔を近づけ、ロイドは期待に満ちた眼差(まなざ)しで問いかけた。

「では、我が主も、京都行きに前向きになられましたか！」

「最初から、行きたくないとは言ってない。あ、いや、電車が混むのが嫌だから、行くのは嫌なんだけど、行ったら楽しいんじゃないかとは思ってる」

「ではでは！」

頬にキスしそうなほど接近されて、海里は思いきり嫌そうな顔で言い返した。

「怖いから離れろ。つか、そこまで行きたいんなら……まあ……」

しかし、海里がしぶしぶ承諾の返事をするより先に、夏神がボソリと言った。

「ほな、みんなで連れもって行こか」

「は？」

「夏神様、今、何と？」

今度は自分のもとに飛んでこようとするロイドを片手で素早く制止しつつ、夏神はニッと笑った。

「これまで、福利厚生的なもんは何もしてやれんかったからな。初の社員旅行や！　三人で、京都に行こや。ロイドもちゃんと一人にカウントして、人間の姿で連れてったる」

「おおお！　なんという寛大なお言葉！」

　ロイドは感激の極みといった声を上げ、海里は酷く心配そうに夏神を見た。

「ちょ、大丈夫かよ、そんなこと」

「何がや？」

「だって、京都だよ？　三人じゃ、けっこうお金がかかるだろ」

「そない贅沢な旅はさせたれへんぞ。そこそこエコノミー旅行や」

「っていっても……ほら、ほとんどドサクサで俺が住み込んで、給料貰うようになっちゃったしさ。負担かけてる自覚はあるんだ」

　気まずそうな海里の髪を、夏神は大きな手のひらでクシャッと掻き混ぜた。

「何を言うてるねん。お前が来てくれて、ついでにロイドまでおってくれて、店がどんだけ賑やかになったか。お前らが来てから、確実に客が増えとる。安月給で悪いなて、言わんとあかんくらいやで？」

「そんな……」

「何しか、旅行くらい連れていかんとバチが当たる。ええ機会や。嫌やなかったら、行こうや」

「嫌なわけないじゃん！　けど……マジで？　ホントにいいのか？　店とか休むつもり？」

　なお念を押す海里に、夏神はきっぱり頷いた。

「一日やそこらの休みは、お客さんも許してくれるやろ。かめへん、時期もええ感じや。ゴールデンウィーク明けで、祇園祭より前やからな。観光客も、比較的少ないいん違うか？」

「……それは、そうかもだけど」

「二泊三日くらいで、観光して、旨いもん食うて、買い物して、せいぜいのんびり楽しもうや。……ああ、我ながらええ考えや。ええ記念にもなってくれるやろ」

「記念？　何の？」

訊き返した海里には答えず、夏神は楽しそうな笑顔で立ち上がった。

「そうと決まったら、善は急げや。店に戻って、早速計画を立てようや。宿も探さなアカンしな」

「はいっ、このガイドブックを頼りに、お手伝い致しますよ！　ロイドにお任せあれ。何でしたら、旅のしおりも作成致します！」

願いが思いがけない規模で叶ったロイドも、大喜びで請け合う。

弁当箱や魔法瓶を手早く紙袋に突っ込みつつ、海里は嬉しいのに、どこか心にささくれが立ったような、複雑な気持ちで夏神の笑顔を見上げていた。

それから、突然の「社員旅行計画」は、とんとん拍子に進んだ。

夏神の思惑どおり、宿はそれなりに空いていて、金曜、土曜という週末の宿泊を希望したにもかかわらず、望みの宿が首尾よく予約できた。

　さすがに三人だけのために「旅のしおり」は作らなかったものの、ロイドが精いっぱいの「申し訳ない」気持ちを込めて描いた臨時休業ポスターも、店の入り口と中に貼り付けた。

　そして、翌週の金曜日の朝、三人はとうとう、それぞれ小さくまとめた荷物を持ち、店の火の元を何度も確認してから、京都に向けて旅立った。

　旅といっても、JR芦屋駅から新快速列車に乗れば、一時間もかからない。どちらかといえば遠足というべき距離だが、それでも車窓から見る初めての景色に、ロイドは子供のように目を輝かせていた。

　前もって海里が釘を刺しておかなかったら、小さい子供よろしく、シートの上で窓のほうを向いて正座したかもしれない。

　京都駅に到着し、ひとしきり京都タワーを見上げて海里とロイドが騒いでから、三人はまずタクシーで、この週末の宿へ荷物を預けに行くことにした。

　ほんの十分ほどで、彼らは夏神が海里と相談して選んだ、清水寺近くの宿に到着した。

　宿は普通のホテルや旅館ではなく、町家一軒を丸ごと貸してくれる、片泊まりの宿である。

　つまり、宿のスタッフに町家まで案内されるが、その後は鍵を預けられ、三人だけで気兼ねなく過ごせる。食事は朝食だけついていて、他は、外で食べるか、家のクラシカルなキッチンで作って食べても構わないという、実に自由なシステムだ。

幸い、前日に宿泊客がなかったからと、スタッフは特別に、すぐ鍵を渡してくれた。

そこで三人は荷物を置いて身軽になり、さっそく京都の町へ繰り出した。

まず向かったのは、ロイドが行きたいと切望していた、観光のメッカというべき八坂神社、そして清水寺だった。

八坂神社の立派な門に、「前の主にも見せとうございました」と感動しきりだったロイドは、清水寺の参道に建ち並ぶ店に気を惹かれてなかなか足が前に進まず、ついには夏神に、「買い物も買い食いも、お参りを済ませてからや！」と叱られる始末だった。

しかし、三人はしじゅう楽しく喋りながら歩き、清水寺の有名な「舞台」からの絶景に感動し、「音羽の滝」の水も、行列に並んで味わった。

その後もあちこち見て歩き、その夜……。

彼らは一日の仕上げとばかり、夕食後に再び宿を出て、鴨川のほとりを散策していた。

夜とはいえ、川沿いに並ぶ飲食店の灯りが明るいので、広い河原は歩くのに困らない程度には照らされている。

「あっ、ガイドブックのとおりでございますね。カップルが、等間隔に並んでいます。あれは、座る場所が定められているのでしょうか？」

夜になっても少しも疲れた様子を見せず、ロイドは子供のようにはしゃいでいる。

そんなロイドの上着の袖を引き、こちらはやや疲れ気味の笑顔で、海里は囁いた。

「ばーか、みんなデートで来てんだから、でかい声を出すんじゃねえよ。邪魔だろ」

「はっ。もしやわたしは、大変に野暮なことを……」

「してるしてる。黙って歩け。風が冷たくて、気持ちいいだろ」

「まことに！」

従順に返事をしながらも、ロイドは逸る気持ちを抑えきれないらしく、他の二人より先に立って歩いていく。

その後をゆっくりついていきながら、夏神は満足そうに伸びをした。

「はあ、久々によう遊んだ。まさに『大人の遠足』やったなあ」

そんな夏神に肩を並べて歩きつつ、海里はへこたれ気味の笑みを返した。

「若干一名、見かけはじじい、中身は子供だけどな。……ま、確かにすっげえ充実した遠足だった。最後に寄った錦市場、面白かったな。あんなに買い食いできるとは思わなかった」

夏神は、うーんと唸って腕組みした。

川沿いは涼やかな夜風が吹いて、Tシャツではやや肌寒いくらいだ。

「昔は、あそこまでやなかったんやけどな。やっぱし、観光客に対応するため違うか。俺らは食材を買うてあれこれ料理したけど、ホテルや旅館に泊まったら、そういう自由はあれへんからな。店頭で食えたら嬉しいやろ」

「あー、なるほど。そういうことか。確かに、だし巻きを串に刺した奴なんて、ちょっと他じゃ食えないもんな。ああいう淡い味のものって、外国の人にも旨いのかな」

「さあ、どやろ。けど、外国でも『旨味』が流行りらしいからな。出汁の味も、理解されつつあるんと違うか？」

「ふーん……。そういや、うちの定食屋にも、外国人のお客さんが時々来るもんな。旨そうに飯食ってくれてると、ホッとする」

「俺もや。……はあ、ええ風や。ホンマに、今日は一日かけて、ええ思い出がようけぇ出来た」

夏神はしみじみと言ったが、それを聞くなり、海里の顔から笑みが拭ったように消えた。

突然歩みを止めた海里に、夏神は二歩ほど行ったところで気づき、自分も立ち止まって訝しげに振り返る。

「イガ？　どないした」

「なんかさあ」

「あ？」

海里は躊躇いながらも、とうとう先日来の疑問を切り出した。

「夏神さんさあ……ちょっと変じゃね？」

夏神は、太い眉根をわずかに寄せる。

「変て、どういうことや？」

「だってさ。京都旅行を思い立ったときから、やたら言うじゃん。記念とか、思い出とか」

「……そうか？」

夏神はとぼけた口調で応じたが、本当に意外に思ってるわけでないことは、幾分左右非対称になった顔と、声音で知れる。海里は、少し声のトーンを上げた。

「そうだよ！　今日だって、なんかするたび、『ええ思い出になるな』って言ってたし、店に入ったら、『何ぞ記念になるもん買うたろか』って何度も言った。最初は気のせいかと思ってたけど、やっぱ引っかかるよ」

「それ……アカンかったか？」

あからさまな困り顔になった夏神に、海里も少し慌てて言葉を足した。

「いや、責めてるんじゃないよ、全然。旅行に連れてきてくれてすげえ感謝してるし、ガチで楽しい。だけど、なんでそんなに、思い出作りとか記念の品とか、急に言い出したのかなって。何か理由があるなら、聞いときたいって思っただけ」

すると、夏神は何とも言えない情けない表情のまま、川面を眺めてしばらく黙っていた。しかし、やがて意を決したように、両手の指先をジーンズのポケットに突っ込んで口を開く。

「どんなにええときにも、どんなに幸せなことにも、必ず終わりが来るんや」

「え……？」

楽しい旅行の最中に発せられるとはとても思えない悲愴感のある言葉に、海里は呆然と立ち尽くす。

夏神は、軽く目を伏せ、寒そうに肩をすくめた。

「俺は、それを嫌っちゅうほど知っとる」

それが、夏神が冬山で恋人を亡くし、その後の色々な出来事によって、それまでの幸せな生活のすべてを失ったことだと、今の海里にはすぐに理解できる。

だが、夏神が何故、このタイミングでそんなことを言い出したのかがわからず、海里は夏神に一歩近づいた。

「だから、何だよ？　俺もロイドも、一緒にいるじゃん」

「わかっとる。せやけど、それもずっとやない。お前らとも、いつかは別れて、俺はまたひとりになるんやろう」

「それは……そうかも、しれないけど」

「いつか来る『終わり』の後も、何ぞ、心の支えやら慰めやらになってくれるような思い出があったらええなて思うたんや。見れば、お前らのことを思い出せるような品物が手元にあったら、ちっとは胸が温こうなるん違うか、とか」

海里は、狼狽えて片手をゆるゆると胸の高さに上げた。

「ちょ……ちょい待ち。なんでそんな寂しいこと、こんなときに考えてんの？　ロイドは、眼鏡が壊れさえしなきゃ一緒にいるし、俺だって、そりゃ一生じゃないかもしれないけど、今のところ、出て行くつもりも予定もないって。それとも夏神さん、俺たちに出て行ってほしいと思ってる？　もしかして、これ、さよなら旅行のつもりだったりすんの⁉」

　やや非難の色を帯びた海里の詰問に、今度は夏神が少し慌てた様子で両手を振った。

「いやいや、そうと違う。それはわかっとる。お前らに出て行くつもりがないことは、嬉（うれ）しいんや。こうして一緒に旅行できたんも、そらもう嬉しい。今日は朝から、死ぬ程楽しかった」

「じゃあ、どうして」

「せやからこそや。……俺は弱い人間や。哀しさや寂しさで、簡単に心が折れる。そのせいで、俺は色んな人を傷つけて、信用を失って、師匠に助けられるまで、地べたを這（は）いずるみたいな暮らしをすることになった」

「……うん」

「師匠には、生きてる間に何も返されへんかったけど、たった二つ、ささやかに出来た恩返しが、自分の店を持って、ちゃんと経営しとること。……そんで、お前っちゅう弟子が来てくれたことや」

「夏神さん……」

　夏神は、海里の肩に右手をポンと置き、暗がりでも明らかにわかる涙目で笑ってみせた。

「せやからこそ、次は……。お前らと別れるときには、同じ轍を踏んだらアカンのや。ちゃんと両脚で立って、店を続けていかなアカン。そのために、思い出がほしい。記念になる品がほしい。そう思うんは、おかしいことか？」

「おかしくはないけど！」

海里もまた、今にも泣き出しそうな顔で、夏神を睨んだ。

「おかしくはないけどさ！　でもなんか、悔しいよ、そんなの」

「……悔しい？」

「上手く言えないけど、それじゃ、俺たちは悲しみを増やすために出会ったみたいじゃねえかよ。そんなのは嫌だ。なんか違う」

「イガ……」

言葉に詰まる夏神を見据えたまま、海里は震えそうになる声を励まし、言葉を継いだ。

「そういう風には、俺は考えたくないよ。そりゃ、夏神さんの気持ちもわかる。俺だって、夏神さんと、もしかしたらロイドとも別れることになったら、すっげえ悲しいと思う。いや、絶対悲しい。絶対泣く」

「……おう」

「でも、その日のために今から準備するとかは……したくない。だけど、夏神さんがそうしたいなら、否定すんのも間違ってる気がするから、なんか、すげえ混乱する」

「おう……俺も、何や混乱してきた」

「はあ？」

間の抜けた夏神の言葉に、海里が目を剝いた。しかし、何か言い返そうと口を開けたそのとき、先に行っていたロイドが、二人が立ち止まっているのに気づき、自分も足を止めてこちらを見ているのに気付いた。

　せっかく無邪気に楽しんでいるロイドに、二人が言い争っているところを見せたくない。こんな悲しい話を、聞かせたくない。

　咄嗟に浮かんだそういう思いだけは、二人に共通していたらしい。

「この話、今はやめよう。とりあえずここにいる間は、あんまり暗いこと考えずに、楽しく過ごそうよ。できるだけでいいからさ。それこそ、悲しい思い出ができちゃったら困るし」

　そんな海里の歩み寄りに、夏神も済まなそうに頷いた。

「せやな。すまん、変なこと言うて、お前を嫌な気持ちにさしてしもたな。せっかく楽しい時間やったのに」

「まったくだよ！　明日出来ることは、今日するなって言うだろ！　辛気くさい心配は、そのときが来てからで十分だって！　ほら、行こ。何とかって店で、シメのラーメン食うんだろ」

　わざと荒っぽく夏神の広い背中を叩いて、海里は明るく言った。

意外とくよくよ考え込むたちの夏神のことだ、すぐにそうした悲観的な考えを捨てられないだろうが、せめて、楽しい時間から、少しでも悲しい気持ちを追い出したい。

　海里の手のひらには、そんな願いがこもっていた。

　夏神も、少しだけ無理をしたいつもの笑顔で応じる。

「おう。夜に三時間だけ開くラーメン屋があるらしいで」

「そりゃ楽しみだな。身体冷えてきたから、きっと旨いよ。行こ」

　海里に促され、夏神も、ロイドのいるほうへ向かって、再び歩き出す。

　チリッと刺すような痛みを胸に抱いたまま、海里はロイドに向かって、「ラーメン行くぞ！」と声を張り上げ、手を振った……。

二章　楽しいこと

旅行の二日目も、五月らしい爽(さわ)やかな晴天に恵まれた。

いつもは早起きなど真っ平ごめんな海里だが、旅先となれば話は別だ。

宿のスタッフが朝食を届けてくれる頃には、すっかり身支度を整えて、ロイドと共に玄関で待ち構えていた。

昨夜は、錦市場で目に付いた食材をあれこれ買い込み、宿のキッチンで三人がかりで夕食を作った。

町家の土間に設(しつら)えられた、昔ながらの「おくどさん」の雰囲気を残したままのキッチンを使うのはなかなか新鮮な経験だったし、海里にとっては、仕事抜きで夏神と一緒に料理をする絶好のチャンスだった。

琵琶湖(びわこ)の稚鮎(ちあゆ)をフライパンで炒(いた)め揚げにしたり、出始めの万願寺(まんがんじ)唐辛子(とうがらし)や莢(さや)に入ったままの空豆を網で焼いたり、ハモとジュンサイを吸い物に仕立てたりと、素材を生かしたシンプルな料理ばかりだったが、それでも何を食べても旨かった。

しかもシメにラーメンまで食べに出掛け、腹がはち切れそうになって床についたはずの二人と眼鏡……いや、この旅のあいだは三人、である。

　それなのに、岡持ちで届けられた充実した朝食を、三人は瞬く間に平らげた。

出汁をたっぷり含んだ分厚くてふんわりしただし巻きも、京都の北部、蟹で有名な丹後地方で獲れたという黒ガレイの干物も、蛸と野菜の上品な炊き合わせも、白みそ仕立てのこっくりした味噌汁も、中に辛子を仕込んだドーム状の小さな豆腐も、それから勿論おひつにたっぷりの炊きたてご飯も、申し分ない味だった。

　海里は密かに心配していたが、昨夜、妙に悲観的なことを口にしていた夏神も、その後にラーメンを食べる頃にはすっかりいつもの陽気な彼に戻っていた。

　今朝も睡眠不足の気配はなく、食も進んでいる。

　そのことに胸を撫で下ろしながらも、海里は、昨夜、夏神の「暗い話」をじっくり聞いてやらなかったことが、ずっと胸に引っかかっていた。

　あまり自分の弱さを見せたがらない夏神が、せっかく心の中にある深い襞を開いて見せようとしていたのに、自分がそれを無造作に覆い隠してしまったような罪悪感が、心のどこかにある。

　とはいえ、せっかくの旅行を楽しく過ごし、楽しいまま終えたいという気持ちに嘘はない。夏神も同感だったからこそ、あんなに素早く気持ちを切り替えたのだろう。

　だとしたら、安易に話を蒸し返すのはかえってよくない。いつか、夏神が再び話したくなったら、そのときこそじっくり腰を据えて語り合うことにしよう。

箸を諦め、指でカレイの薄い身から細い骨を取り除きつつ、海里はそんな風に気持ちを整理した。

　朝食を済ませた三人がまず向かったのは、これもロイドが熱望していた鹿苑寺、いわゆる金閣寺だった。

　夏神も海里も、学校行事で訪ねたことはあったが、大人になってからは初めての訪問である。

　外国人観光客の多さに驚かされつつ、三人は彼らと共に、池ごしに眺める金閣という定番の景色を堪能した。

　驚いたことに、実際の金閣は、海里の記憶、あるいは脳内のイメージとはまったく違っていた。

　太陽の光に照らされて金色に輝いていても、決してぎらついてはいない。むしろ静謐かつ高貴に感じられる佇まいに、海里は軽いショックを受けた。

「俺、料理に金箔載っけたりすんの、見かけ倒しって決めつけて大っ嫌いだったんだけどさ。間違ってたかも。やっぱ、何でも使いようなんだな」

　そんな海里の呟きの意味を正確に理解したのだろう。並んで、やはり惚れ惚れと金閣を眺めていた夏神も、休日なので短い無精ひげをそのままにした顎を撫でて同意した。

「確かになあ。俺も料理に金箔はあんまし好きやなかった。せやけど、お前の言うとおりや。金箔自体がケバケバしいわけやない。使う人間の性根がそう見せるんかもしれんな。ま、うちの店では絶対せんことやから、俺の性根はバレんで済むわ」

「あはは、確かに。豪華に見せようとか、これで余分にお金を取ろうとか、そんな風に使われる金箔しか、俺はこれまで知らなかったのかも。上手く使えば、金箔って、こんなに綺麗なものなんだな。つか、元の建築がすげえストイックだから、余計に金箔が生きてくるのかな」

夏神の冗談に笑って言葉を返しながらも、海里の目は真剣そのものだった。

薄い雲が通り過ぎるときの太陽の光の繊細な変化、そして風が起こす僅かな水面の揺らぎすら、壁面に施された金箔は、みずからにことごとく映し出してみせる。

その効果を建てる前に予測していた人物が、大昔に確かにいたのだという事実に、海里は深く感銘を受けていた。

それは、少年時代にここを訪れた彼には、決して感じ取れなかったことだ。

「わー、なんか俺、すっげー成長した気がする。大人になったっつーか」

「あ?」

首を傾げる夏神に、海里は熱っぽく語った。

「だって、この建物のよさを理解できる日が来るなんて、思ってもみなかったもん。昔は、わあ派手って笑って帰っただけだったしさ。その後も、テレビで見たことは何度もあるけど、全然ピンとこなかった。ロイドも変なもん見たがるなって呆れてたけど、来てよかったよ。建物もだけど、金箔のことも見直した」

夏神も、腕組みして唸る。

「ホンマやな。俺も正直、素材としての金について、初めて考えたわ。やっぱし現地に来て、本物をこの目で見んとあかん。……どうや、ロイド。いちばん見たがったんはお前やけど、満足か？」

夏神に問われ、ロイドは半分魂が抜けたような顔で、小さく頷いた。

「まことに見事なものでございます。人間が精魂込めて創りしものには、ことごとく神が宿りますなあ」

しみじみとした、哲学的でさえあるその言葉に深く頷きかけた人間ふたりは、ロイドが澄ました顔で、「建物しかり、眼鏡しかり」と付け加えたのを聞くなり噴き出した。

「なんだよお前、ちゃっかり自分もコミで絶賛かよ！」

するとロイドは、両手でジャケットの襟をピッと整え、誇らしげに胸を張った。

「それは勿論。遠きイギリスで、腕のよい職人に心をこめて作られたからこそ、そして、その値打ちを知る方が主になってくだされたからこそ、わたしには魂が宿り、こうして今、海里様にお仕えできているのですから」

海里はいかにも渋々同意する。

「……まあ確かに、眼鏡んときのお前は、なかなかかっこいいよな。クラシックな味があるっていうか」

「そうでございましょう！　わたしをポケットに入れておいでのとき、海里様はよく、色々な方に『お洒落ですね』と褒められておられますし！」

「いや待て待て！　お洒落は俺にかかってんの。お前じゃないし！　お前はほとんどポケットの中に入っちゃってんだから、相手からは見えてないだろ！」

「見えないところにもお洒落を、とよく服飾雑誌に書いてあるではありませんか」

「それもこっちの心構えの問題！　お前がポケットに入ってるから、俺がかっこよく見えるってわけじゃねえよ」

「ええっ。心外でございますよ」

「こっちこそ心外だよ！」

子供のように言い争う二人に、夏神は可笑しそうに割って入った。

「まあまあ、ええやないか。イガもロイドも、俺には格好よう見えるで」

「えー。一緒に括らないでほしいんだけど」

「そうですとも。格好よさの年季が違います」

「あっ、またご主人様をディスった！」

「ただの事実でございますよ」

「あああ、もうやかましわ。ええ加減にせんかいな」

今度は頭を付き合わせて揉める二人の襟首を摑み、猫の子のように左右に分けた夏神は、苦笑いで言った。

「それより、そろそろ移動せな。今日の昼飯が、食生活的にも俺の財布的にも、この旅行のハイライトなんやから。予約の時刻に遅れるわけにはいかへんで！」

そんな夏神の言葉は、大袈裟でも何でもなかった。

彼が昼食に予約したのは、貴船の川床料理だったのである。

京都の奥座敷と呼ばれる貴船には、山肌を縫って流れる貴船川に沿って、何軒もの料理旅館や料亭が並んでいる。

五月から九月までのあいだ、そうした店がそれぞれ設えるのが、「川床」である。

有名なのは、鴨川沿いの店が出す「床」だが、そちらは、鴨川の河原の上に臨時のテラスを出すシステムだ。

一方で、貴船の「川床」のほうは、まさに川そのものの上に床が設えられ、足元に川の流れを感じながら食事を楽しむことができるのである。

天気がいいせいで、半袖を着ていても汗ばむような陽気だというのに、貴船神社の向かいにある料亭の存外広い川床席に入るなり、すうっと体感温度が下がった。

せせらぎの音が聞こえて気分的に涼やかというだけでなく、本当に、クーラーがかかっているのかと思うほど涼しい。

「おお、本当に床下に川が流れていますよ！　足を下ろせば、つま先を水に浸せそうです。これは風流ですなあ」

早速四つん這いになって、床の端から川の流れを見下ろすロイドをよそに、海里は酷く心配そうな顔で夏神に顔を近づけ、囁いた。

「ちょ、夏神さん。大丈夫かよ？」

一方の夏神は、持参のタオルで首筋の汗を拭きつつ、こともなげに返事をする。

「何がや？」

「いや、だって。表にメニューがあったからうっかり見ちゃったけどさ。この店の料理、なんか凄くない？」

「おう。ちゃんとした会席料理やで？」

「だから！　それが心配なんじゃん」

「せやから、何がや。深刻な顔しよってから」

あくまでも呑気そうな夏神に、海里はむしろ険しいと表現してもいいほどの顰めっ面で、いっそう声をひそめた。

「だって、すんげえ値段だったぞ。いちばん安いのでも、週末は一万円からって書いてあった！」

「知っとる。予約を入れたんは俺やぞ。いちばん安うて悪いけど、一万円のコースを頼んである」

海里の心配の理由にようやく気付いた夏神は、たちまちあっけらかんとした笑顔になった。しかし海里のほうは、半ばムキになって言い返す。

「全然安くねえよ！　昼から一万円って、すげえ贅沢じゃん。俺、そんなの知らなかったから！　そんなに高いと思ってなかったから」

すると夏神は、笑顔のままで海里の額をグィと押した。

「アホ、そない慌てんでええ。ちゃんとした京料理を食いたいって言うたんは俺や。ま、ここは場所代半分以上と考えなあかんやろけど、それでもいっぺん経験してみたかったんや。ひとりやったら来にくいやろ、川床なんちゅう大層なもんには。それに、来てみたらええとこやないか」

「確かに独特の雰囲気あるし、新緑は綺麗だし、すっげー涼しくて気持ちいいけど」

「せやろ？　お前らがおるから来る気にもなれたんや。ここでの出費は、俺の勉強代でもある。気にせんでええ」

「だけど俺、こんなとんでもない値段だなんて知らなかったから、けっこう気軽にあいつのことも誘っちゃったし。あっ、せめてあいつの分は俺が」

「要らん心配すなて。俺はお前の師匠やぞ。お前の弟分は俺の弟分みたいなもんや。たまにはええ格好させえ」

そう言ってどんと自分の胸を叩いてみせる夏神に、海里はようやくギュッと寄せていた眉根を開いた。

「マジで？　無理してない？」

「たまの、出来る範囲での無理は悪いもんやない。ええから、素直に楽しめ。旅の間は楽しく過ごそう言うたんは、お前やないか」

昨夜の自分の台詞を返されて、海里はうっと言葉に詰まる。

「それは……そうだけど」

「みんなで旨いもん食うて、ちょこっと優雅な気分を味わう。きっとええ記念にな……あ、それは言うたらあかんのやったか」

「いや、別に今はいいだろ！　滅茶苦茶記念だわ。たぶん一生に一度だよ、こんなとこで飯食うの。わかったよ。じゃ、ありがたくゴチになります」

おかしなところで気を回す夏神に、海里はようやく笑顔に戻り、両手を合わせてみせる。

そのタイミングを待っていたように、ひとりの青年が、店員に案内されて三人のいる卓に歩み寄ってきた。

「遅くなってすみません！　今日は、お招きありがとうございます」

筵の上に正座するなり、その青年は三人に深々と頭を下げた。大急ぎでやってきたのか、汗だくの彼は、海里の俳優時代の後輩、里中李英である。

活動方針を巡って意見が食い違い、所属事務所を離れた彼は、今、活動再開前の充電期間を関西で過ごしている。

大阪市内にマンションを借りて暮らしていると聞いた海里が、それなら昼食を一緒にと誘ったので、こうしてやってきたというわけだった。

「や、俺らがちょっとはよ来ただけや。暑かったやろ。店の送迎バスで来たんか？」

ロイドがいそいそと勧める座布団に落ちついた李英は、汗を拭きつつかぶりを振った。

「いえ、時間がギリギリだったので、貴船口駅からタクシーに乗ったんですけど、途中でこの辺りへ向かうタクシーが全部、参道でつっかえてしまったんです。で、降りて上り坂をずっと歩いてきたので、こんなになってしまいました。舞台を離れて、身体が鈍っちゃったかもしれません」

そう嘆く李英だが、海里よりやや小柄ながらも、Tシャツから覗く二の腕は引き締まり、張りのある筋肉が皮膚の下に見てとれる。とても、身体が鈍っているようには見えない。

「それにしても、涼しいですねえ。とっても風情がありますし」

李英は、感心した様子で辺りを見回し、最後に天井を見上げた。

無論、川床は屋外だが、陽射しを除けるために、頭上にはスダレを用いた簡素な屋根があり、提灯がたくさんぶら下がっている。風雅な中にも、野趣溢れる設えだ。

「噂には聞いてましたけど、実際に来てみると、圧倒されますね。最初はうんと昔の貴族が、こうやって涼を楽しんだんでしょう？　凄く遊び心があったんだなあ」

生真面目に感動を語る李英に、夏神は上機嫌に同意した。

「ホンマにな。何でも経験してみるもんや。里中君は関東から来たから余計に何でも珍しいやろけど、わりに近場に住んでる俺らでも、この旅行で新発見がいくつもあったなあ」

ロイドもしたり顔で二人に同意する。

「まことに。はあ、京都行きをご提案してようございました」

「お前は提案しかしてないけどな！」

「何を仰いますか、提案がなければ何も始まらないのでございますよ」

「あ……え、ええと、そのおかげで、僕もお相伴できてありがたいです」

明らかに年上のロイドが丁寧語、それに対する海里が実にぞんざいな言葉使いで会話するので、李英はいつも二人の関係をはかりかね、曖昧な表情で相づちを打つ羽目になる。

そんな中、和服姿の店員が飲み物と目にも涼しげな先付を運んできて、四人は乾杯し、和やかに食事を始めた。

「やっぱ、京都はハモなのかな」

海里は、「落とし」と言われる湯通しにしたハモを箸でヒョイとつまみ、しげしげと眺めた。

見事に骨切りされ、火を通されたことで、ハモの真っ白の身がヒラヒラと縮んで花のように見える。

それにほんのり赤い梅肉をつけて頬張ると、淡泊だが滋味がある。

「骨切りはきっと凄く難しいんだろうけど、これ、物凄く旨いかって言われるとビミョーな気もする。むしろ梅肉の旨さがキモっていうか」

あまりにも正直すぎる海里のコメントに、夏神はまるでハモを弁護するような口調で応じた。

「これはまだ走りのハモやからな。何でも走りのうちは、ひと味足らんもんや。ハモに脂が乗ってホンマに旨うなるんは、夏の終わりから秋やで」

「そういうもん？」

「せやから昨夜、ハモを吸い物にしたときには、火を通す前に身に葛粉を叩いたやろ。葛のトロンとした衣を掛けることで、味を閉じこめて、食い応えもちょっと増やしたんや」

「はー、なるほど！　昨夜のあれは、舌触りがよくなるだけじゃなかったんだ」

夏神の説明に、海里はもう一切れハモを頬張り、咀嚼しながら納得した様子で頷く。

「ただでさえ淡泊な味のハモを湯通しするから、余計にあっさりしちまうんだな。だけどその分、パンチのある梅肉との相性はよくなるのかも」

そんな海里を隣でじっと見ていた李英は、どこか眩しそうに童顔をほころばせた。

「先輩は、もうすっかり料理人ですね。かっこいいです」

ストレートな弟分の賛辞に、海里は盛大に照れる。

「何だよ、急に。こんなの、料理人じゃなくてもフツーに言うだろ」

「そんなことないです。料理人ならではの発言でしたよ。先輩は昔からかっこよかったですけど、今はあの頃よりもっとかっこいいです」

李英はあくまでも真顔で言い返す。

舞台役者として名が知れ始めた今も、昔と少しも変わらずひたむきに自分を慕ってくる李英に、海里は大いに照れて、慌てて話題を変えようとした。

「そ、そういやお前、こないだのメールで、こっちで仕事始めたって言ってたけど、あれ、何？　観光とか勉強とかするって言ってなかったっけ？　こっちでも役者の仕事が見つかったのか？」

するとと李英は、箸を置いて静かに答えた。

「いえ、役者の仕事は、前の事務所を無駄に刺激したくないので、もうしばらく休もうと思ってます。今は、短期バイトを色々とやってるんです」

それを聞いて、海里はさっきこの店の料金表を見たときと同じくらい心配そうな顔つきになった。

「短期バイト⁉　待てよ、そんなに懐が厳しいのか？　大丈夫か？」

こちらも昔と変わらず心配性な先輩に、李英はクスリと笑ってかぶりを振った。

「いえ、大丈夫です。贅沢しなければ、一年くらいはブラブラして暮らせるくらいの蓄えはありますよ」

「だったらなんでバイトなんて」

「勉強のためです」

李英は、きっぱりと答えた。

「勉強て、何のや？」

あしらいの蛇腹胡瓜の見事な包丁仕事をしげしげと見ていた夏神は、ようやく視線を上げ、李英を見る。

先輩の雇い主の質問とあって、李英は緊張の面持ちで答えた。

「社会の、でしょうか。実は僕、役者以外の仕事を、これまでやったことがないんです。アルバイトも、今回が人生初で」

「役者は立派な職業やろ。別にバイト経験がのうてもええん違うか？」

「いえ、役者の世界しか知らない役者って、あんまりよくないんじゃないかと思ったんです。あ、いや、他の役者さんはそれでいいのかもしれませんけど、僕は物凄く不器用なので」

不器用というより実直そのものの李英は、気持ちを正確に表す言葉を探しながらゆっくりと説明を試みる。

夏神は、定食屋の客との会話でよくするように、やわらかく先を促した。

「よくないっちゅうんは、どういう意味や？」

「それは……ええと、役者は色んな人を演じなきゃいけないでしょう？　勿論、役を頂くたびに、想像力は目いっぱい働かせますし、可能な範囲で勉強や取材もしますけど、やっぱりそれだけじゃ薄っぺらい気がするんですよね。自分の中に色んな職種、色んな生活パターンの経験が少しずつでもあれば、役作りに凄く役立つし、演技に幅や厚みも生まれるんじゃないかと思うんです」

夏神は、惜しそうにキュウリを口に放り込み、ふうん、と唸った。

「俺は芝居のことはようわからんけど、よう、嘘をつくにはちょこっと真実を混ぜるとええっちゅうわな。同じことやろか」

李英はつぶらな目をまん丸にして、小さく音を立てて手を叩いた。

「ああ、それです！　自分の中に経験があれば、物語の中の架空の人物を演じていても、見る人にリアルなものを感じさせることができるんじゃないかと」

「なるほど、それで短期バイトっちゅうわけか」

「はい。色んな仕事を、入門編とはいえ経験することで、自分の世界を出来るだけ広げたいなと思ってます」

李英の熱を帯びた話にじっと耳を傾けていた海里は、溜め息交じりに言葉を吐き出した。

「はあ……凄えな、お前。そんな偉いこと考えてんのか。なんか、どんどん置いてかれる気がする。ちぇー、寂しいな～」

冗談めかしつつもどこか悄然とした様子の海里に、李英は意外そうに言った。

「何言ってるんですか。僕が、先輩に追いつこうとしてるんですよ。バイトをしようって思ったのは、先輩の姿を見たからですし」

「俺？」

キョトンとして自身を指さす海里に、李英は笑顔で頷く。

「先輩が『ばんめし屋』さんで料理に打ち込んでる姿を見て、あ、これはテレビで見てた、料理人ごっこをしてる先輩じゃないな、本物のプロになったんだなって思ったんです」

「料理人ごっこって」

「あ、す、すいません！　僕、つい」

大慌てする後輩に、海里は自嘲を帯びた笑みを浮かべ、頭を掻いた。

「いや、正しすぎる表現にびびっただけで、怒ってるわけじゃねえから。確かにそうだよな。……けど、まだプロじゃないって。まだまだ見習いだもん、俺」

しかし、李英は引っ込み思案な彼にしては珍しく、真っ向から海里の言葉を否定した。

「見習いでも何でも、その世界に飛び込んで一生懸命やってれば、もうプロなんだと思います。でなきゃ僕ら、ミュージカルやってた頃はプロじゃなかったってことになっちゃいますよ」

「あ……。それもそうだな。うん、ゴメン。俺、見習いでも、夏神さんに給料貰ってんだもん。プロだな」

「はい、店での先輩は、ちゃんとプロの顔でした。店の色んな仕事をテキパキやってる先輩を見ていたら、先輩が芸能界に復帰したとき、料理人の役は物凄くリアルに演じられるようになるな、羨ましいなって思ったんです。……幻滅しないでほしいんですけど、ちょっとだけ嫉妬もしました」

「マジかよ！」

海里は、思わず発したその言葉以上に驚いていた。

芸能界を追われて以来、李英に会って話すたび、これまではずっと自分の後ろをついてきた後輩が、どんどん先へ行ってしまうという焦り、希望に溢れた眩しい姿への羨望とほんの少しの妬みを感じてきた海里である。

だが同じとき、李英のほうは、そんな海里の姿に感銘を受け、羨んでくれてすらいたと言うのだ。

（相手の姿に嫉妬してたのは、俺だけじゃなかったんだ……。俺たち、お互いの姿に刺激を受けて、憧れて、嫉妬して、半周回って頑張ろうって思ってたんだ）

信じられない思いで、海里はまじまじと李英のまだ少年めいた顔を見つめた。

驚きの中に、くすぐったい喜びと安堵の気持ちが生まれ、ゆっくりと広がっていくのがわかる。

そんな海里の複雑な胸の内には気づきもせず、李英は真摯に頷いた。

「マジです。先輩に嫉妬なんかして、すいません。だけど、いえ、だからこそ、先輩にちょっとでも追いつきたいんです。僕のは先輩と違ってほんの真似事ですけど、色んな人に会って、色んな仕事をしてみたい。今がその絶好のチャンスだと思ってます」

「……そっか」

そう言うのがやっとの海里の気持ちを誰よりも理解している夏神は、「よかったな」

というように海里にチラと笑いかけると、李英に質問した。

「ほんで具体的には、どないなバイトをやってるんや？」

李英は、真っ直ぐ背筋を伸ばして答える。

「ガラス瓶の洗浄とか、チョコレートの詰め合わせを作る仕事とか、ビルの夜間清掃とか、引越屋さんとか、建築現場とかです。あっ、こないだは、缶詰用の缶を作る仕事を三日間やりました」

「それはまたずいぶんと色々でございますね。それだけの職をお探しになるのは、大変でしたでしょう」

珍しく口を挟まなかったロイドが、ここに来て軽く身を乗り出す。どうやらそれまではご馳走を食べるのに忙しかったようで、彼の前の皿はすべて空っぽになっていた。

李英は、はにかんで首を横に振る。

「現場で知り合った人が、他のバイトを紹介してくれたりするんです。僕は黙ってると学生に見えるみたいで、『頑張りなよ』って、割のいいバイトを譲ってくださったり」

「それは、里中様がよいお方だと、すぐにわかるからでございましょう」

「い、いえ、そんな……。っていうか、様付けとかそんな」

焦る李英に、ようやく混ぜっ返す余裕を取り戻した海里はこう言った。

「マジで、顔見りゃわかるって。お前はいい奴だ。……で、どのバイトがよかった？　その、やり甲斐とか、面白さとか」

その質問には、李英は「うーん」と言いながら、しばらく考え込んだ。

その間に、テキパキを通り越してややせわしない店員が空いた食器を片付け、焼き鮎の皿を置いて去っていく。

「冷めへんうちに食べや」

夏神に促されて、泳ぐような姿で串を打たれ、見事に焼き上げられた鮎を二口ほど食べたところで、李英はようやく答えを発した。

「どのバイトも凄く勉強になりましたけど、今やってるバイトが、面白いっていえば、いちばん面白いかもしれません」

「へえ、どんな仕事だよ」

焼き鮎の身を箸で押さえて平らにし、骨を上手に抜こうと四苦八苦しながら、海里は視線だけを後輩に向ける。

李英はニコニコして答えた。

「便利屋です。ずっと勤めてるバイトの人が、腰痛で一時休むことになったらしくて。その穴を埋めさせてもらってるんです」

意外な職種に、三人とも「へえ」と同時に声を上げた。その拍子に、海里の鮎から背骨がズルリと見事に抜ける。

「おっ、やった！　しかし便利屋って、チラシで見たことはあるけど、ホントに何でもやんの？」

李英は楽しそうに答える。

「店長曰く、法律に触れない、人の道から外れないことで、できることなら何でも引き受けるって話です」

夏神も、枝豆をつまみ、ビールを飲んで、興味深そうに「へえ」と言った。

「ほな、これまでにどんなことをやったんや？」

「まだ日が浅いので、そんなにたくさんは。だけど、ゴミ屋敷の掃除とか、蜂の巣撤去とか、庭に花壇を作るとか、犬の散歩とか、車の手洗いとか、代理のお墓参りとか、ペットシッターとか……」

「もう十分色々じゃねえか」

海里は笑いながらツッコミを入れた。李英も、本当に楽しそうに頷く。

「はい。僕の望んでた、色んな人に会って色んな仕事ができる職場なので、大変なこともありますけど、凄く楽しいです。今日の仕事は何だろうって、毎回ワクワクします。今の職場の本来のバイトさんが戻ってきたら、次も便利屋の求人を探そうかなって思うくらい」

「へええ、そんなにか」

「東京だと、僕程度でもちょくちょく顔が差すんですけど、関西だと滅多にそんなことはないので、普通の生活ができて楽しいんです。仕事以外でも、店長の奥さんがたまにお弁当を作ってくださったり、仕事終わりに他のバイト仲間と飲みに行ったり」

ニコニコして話す李英に、夏神もつられて嬉しそうな声を出す。

「ええ社会経験をしとるねんな。よかったな」

「はいっ」

大きく頷く李英に、ロイドは惚れ惚れとした顔つきになる。

「夢に向かって邁進する若人というのは、まことに微笑ましく、眩しゅうございますねえ。海里様も、里中様も、素敵でいらっしゃいますよ」

「な、何言ってんだよ、唐突に」

「そんな風に言われると、大したことをしていないので、恥ずかしいです」

照れる二人をよそに、夏神もニッと笑って同意した。

「ホンマに眩しいな。まあ、イガも里中君も、今日はええもん食うてゆっくりして、また仕事への活力を養いや」

そんな発言に、海里は照れ顔のままで夏神をからかう。

「何だよ、ジジイみたいなこと言って。夏神さんだって、仕事への活力を養わなきゃ駄目だろ。定食屋のオーナーシェフなんだから」

「アホ、定食屋にオーナーシェフなんて言葉が似合うかいな。マスターで十分や。っちゅうか、俺はもう省エネ走行やからな。特に養うような活力はあれへんわ」

「何言ってんだよ。こないだ、ボルダリングの新しいコースが出来て、攻略が滅茶苦茶難しいって言ってたじゃん。全然省エネじゃなくね？　むしろ料理よりハードじゃね？」

「あ、せや。そっちはフルパワーで頑張らなアカンねん。ジムのトレーナーが、滅茶苦茶難しいコースを組みよってな。そうや。筋肉を育てるために、タンパク質を摂らな」

そう言うなり、皿に残っていた鮎を一口に頬張り、骨ごとボリボリと咀嚼し始めた夏神に、他の三人は思わず笑い出した……。

＊　＊

楽しい時間ほど、早く行き過ぎるものだ。

二泊三日の日程は、瞬く間に過ぎた。日曜日の夕方、三人は再びＪＲで京都駅から帰途についた。

新快速電車を諦め、快速電車でのんびり帰ることにしたので、彼らは二席ずつが向かい合った座席に首尾良く座ることができた。

「近場やから、帰るんも楽でええな。はー、せやけどよう遊んだ。内容は大人の遠足やけど、スケジュールは子供の奴並みに忙しかったな」

言葉のとおりくたびれた笑顔でそう言った夏神は、列車が京都駅を発ってまもなく、窓枠に頭をもたせかけて寝入ってしまった。

「かんっぺきに電池切れだな、夏神さん。ムキムキのわりに、意外とスタミナねえのな。やっぱオッサンってことか」

そう耳打ちしてクスッと笑った海里に、ロイドもヒソヒソと囁き返した。

「何を仰いますか、わたしに比べれば、まだまだお二方とも若人、いえ、ひよっこでいらっしゃいますよ」

「敬語とひよっこなんて言葉を組み合わせるなっつの。けど、この週末は天気がよかったし、ずっと楽しかったな。色んなもの見て、色んなもの食って、色んなもの買って」

そう言って、海里は網棚を見上げる。

そこには、最終日の今日、清水界隈の店を巡って買い込んだ食器の詰まった、小さな段ボール箱があった。

三人であれがいいこれがいいと寄って集って選んだ器は、決して高価なものではないが、どれも若手作家の手になるものだ。

これまで店で使っていた大量生産の食器と違い、盛りつけた料理が映えそうなもの、見て面白さを感じられるものを、皆で相談して選んだ。

それだけに、明日からさっそく使ってみたくて、宅配便を敢えて使わずに持ち帰ることにしたのである。

同じように箱のある網棚を見上げ、汗ばむ気候を無視して道中ずっと暑苦しいツィードの上下を通してきたロイドは、満足げな溜め息をついた。

「夏神様と海里様のお料理が、あの素敵な器に盛りつけられると思うと、今から胸が躍る思いです。味見にも熱が入るというもの」

「……いや、お前のは味見っていうより、ただのつまみ食いレベルだろ」

「いえいえ。人間と違い、眼鏡の舌は常に一定。このロイド、最高の味見係なのでございますよ。わたしが美味と申せば、お二方とも、安心してお客様にお料理をお出しできるというもの。そのために、全力で味見を致しております」

「はー、厚かましい奴だな、ったく」

涼しい顔でつまみ食いを正当化するロイドに、海里は呆れ顔で座席に深くもたれかかった。

疲労困憊というほどではないにせよ、いつになく歩き回ったせいで、足の裏がジンジンしている。足首にウェイトでも巻いたのかと思うほど、膝から下が重く感じられた。

「明日起きたら、筋肉痛になってそうだな。旅行前に冷蔵庫を空っぽにしたから、明日は買い物からスタートしなきゃいけねえのに」

早くも泣き言を口にする海里に、ロイドはいつものようにからかいはせず、優しく言った。

「人間は、心に身体がついてこないのが、いちばんの悲しみでございますね。海里様も、どうぞお休みください。必ずや、芦屋駅到着前に、このロイドが起こしてさしあげますから」

「んー、いや、特に眠いってわけじゃないんだけど」

「目を閉じているだけでも、少しはお楽なのでは？　列車の中では、特にすることもないのですから」

「それもそっか」

海里は夏神の向かいで、同じように窓枠に軽くもたれて目を閉じた。

視覚が遮断されると、自分の体内に敏感になる。そうなってみると、まるで澱(おり)のように心地よい疲労が全身に蓄積しているのが感じられた。

（こういうクタクタ感、ミュージカルをやってた頃以来だな。あの頃は毎日が全力で、毎日がギリギリだった。今回は、あの頃レベルの全力で遊んだってことか。次んときは、もっとゆったりなスケジュールでもいいな）

そこまで考えたところで、海里はパチリと目を開けた。

（次……？）

何の気なしに胸に浮かんだ言葉を反芻(はんすう)しながら、海里の目は隣に座るロイドの姿を見ている。

海里も眠るだろうと踏んでいるのか、ロイドはバッグの中から旅行中にあちこちの神社仏閣や博物館で貰(もら)ってきたリーフレットの束を取り出し、一枚ずつじっくりと目を通している。

楽しかった旅行のことを、逐一思い出しているのだろう。

柔和な「眼鏡」の横顔を眺め、列車が立てる規則的な音を聞いているうち、海里はいつしか物思いに耽(ふけ)り始めていた。

(いつか、次の旅行が……あるのかな。あるとしたら、来年か、再来年か、それとももっと先か……)

そんな思いに続いて胸を過ぎるのは、一昨日の夜、鴨川べりで夏神が口にした言葉だった。

『どんなにええときにも、どんなに幸せなことにも、必ず終わりが来るんや』

(俺たちは、いつまでこんな風に一緒にいるんだろう)

無論、海里とて、一生を「ばんめし屋」で過ごすわけではないだろうと思っている。

それは、夏神に命を助けられ、店の二階に居候することになったときから、わかっていたことだ。

いつか海里は、店を出る。それが料理人としてなのか、俳優としてなのか、あるいはもっと別の何かになっているのか、それはわからない。

それでもいつか、海里は夏神と違う道を歩くことになるだろう。

そのとき、ロイドがどうなっているかはわからないが、とにかく、夏神とは別れることになるのだ。

そのときには、夏神だけでなく、こちらに来て顔なじみになった人々や、実家の母親や兄夫婦とも別れることになるだろう。

当たり前のことだと自分に言い聞かせようとしても、何故か、その日のことを少し想像しただけで、海里は急に息苦しさを覚えた。

組んだ腿の上に置いた手の指先が、冷たくなった気がする。

(俺は……怖いのか？　夏神さんと……みんなと別れてどこかよそへ行くのが、そんなに怖いのか)

あまりにもナーヴァスな自分の反応に驚くと共に、そんな自分よりもずっと怯えた表情をしていた一昨日の夜の夏神の顔を思い出して、海里は胸が締め付けられるような気持ちになった。

そのとき、穏やかな声に名を呼ばれて、海里はハッとした。

「海里様」

「あ……」

気付けば、ロイドがリーフレットを膝に載せたまま、海里の顔をじっと見ている。

海里は慌てて表情を取り繕おうとした。

「何？　どうした？」

動揺を隠してさりげなく訊ねると、ロイドはむしろ面食らった様子で、軽く眉をひそめた。

「それはわたしがお訊ねしたいことでございますよ。どうかなさいましたか？」

探るように問いかけられて、海里は内心ドギマギしつつも、しらばっくれようとした。

「は？　別に何もねえよ」

だが、常に眼鏡の姿で海里と行動を共にするうち、海里の心理にいつしか詳しくなってしまったのだろう。ロイドは少し悲しそうな顔で首を振った。

「情けのうございますよ、このわたしに隠し事をなさるなど。何か、お心に重荷を抱えておいでなのでは？　あるいはわたしが、旅の間にいささかはしゃぎすぎましたでしょうか。あまりにも楽しかったものですから、つい。もしお気を悪くなさったのでしたら、平にご容赦を……」

謝ろうとするロイドの口に片手を当てて、海里は慌ててその疑念を否定した。

「違う違う。別にお前に何か思うところがあるわけじゃねえよ」

「では何故、あのような浮かないお顔を？」

「んー……。いや、やっぱやめよう。せっかく楽しい旅行なんだから、最後まで楽しいことだけ喋ってたほうがいいだろ」

「いいえ、気になります。是非ともお話しください。さもなくば、気になって今夜は眠れそうにございませんよ」

熱意を込めて迫られ、海里は躊躇いながらも、向かいで夏神が静かな寝息を立てているのを確かめてから口を開いた。

一昨日の鴨川べりでの夏神との会話を、ロイドに掻い摘まんで語って聞かせる。

じっと聞いていたロイドは、夏神を起こさないように小さな声で海里に囁いた。

「それでは夏神様は、いつかわたしや海里様と別れる日のことを想定し、その悲しみに耐えうるように、思い出や記念の品を欲しておられると？」

海里は、鈍く同意する。

「そういうこと。なんか俺、そういうの、凄く違和感あってさ。それじゃまるで、俺たちが出会ったのって、悲しみを増やすためだけみたいじゃん。嫌だなって思っちゃって、それをそのまんま夏神さんにぶつけちまったこと、気になってるんだ。夏神さんの気持ち、きちんと理解してあげられなかったんじゃないかと思ってさ」

「……ほほう」

相づちを打ちながらも、ロイドは今一つわからないと言いたげな顔で海里を見る。

「ですが、夏神様には夏神様の、海里様には海里様のものの考え方がございましょう。それが食い違い、理解できないからといって、そうお気になさる必要はないのでは？」

「……お前がすげえまともなこと言うと、イラッとするな。そりゃそうだけど、大事な人の考えてることは、やっぱりちゃんと理解したいよ。たとえ賛成できなくてもさ。でも、いくら考えても想像しても、俺には夏神さんの気持ちがわかりきれないから、きついんだよな」

苦しそうにそんなことを言う海里の整った顔を、ロイドは不思議そうに見た。

「何故、おわかりにならないのです？」

「だって俺は、そこまで大事な人を亡くしたことが、まだないからな。父親は、俺が物心つく前に死んじゃったから、正直、最初からいなかったようなものなんだ。父親がいないことを悲しく思ったことはあるけど、思い出がないから、恋しがったり懐かしがったりするような存在じゃなかったわけ」

「ははあ、なるほど」

「勿論、恋人を亡くしたこともないだろ。そういう存在に先立たれた人の喪失感って、すげえんだろうなって想像はするけど、わかってあげることは、まだできないって思うんだ。むしろ、お前のほうが夏神さんの気持ちがよくわかるんじゃないかとか、さっきはふと、そんなことを思ってた」

　それを聞いて、ロイドはしゃっくりをした直後のような顔になった。

「わたしが、でございますか？　わたしに、夏神様のお気持ちがわかると？」

　海里は真面目な顔で頷く。

「だって、お前は既に大事な人を亡くしてるじゃん。作ってくれた職人は、もう生きちゃいないだろ。最初にお前を買ったご主人も、お前のことを大事に使ってくれた二人目のご主人も、亡くなってる。大事な人たちと別れたり、そういう人たちを亡くしたりする怖さとか哀しさとか、それを乗り越えるために思い出や記念の品を欲しがる気持ち、お前ならわかるんじゃないかって」

　抑えた声音で早口にそう言い、「何ならお前が夏神さんの話を聞いてやってくれよ」と話を締めくくった海里の顔を見つめ、ロイドは、いかにもイギリス紳士らしい上品な仕草で肩を竦めた。

「それは無理なお話でございますよ。人間の心は、眼鏡の身のわたしにはわかりかねます」

「けど、ご主人様たちが亡くなったとき、悲しかったろ？　夏神さんの気持ち、わかるんじゃねえの？」

「確かに、とても悲しくはありましたが、それは最初からわかっていたことです」

「何が？」

「別れが、です。生きとし生けるものは、いつかは死にます。わたしのように形あるものは、いつかは壊れます。それは、避けられない結末です。誰の上にも、終わりは平等に訪れます」

「……お前、なんか宗教家みたいなこと言い出したな。それが？」

戸惑う海里に、ロイドはやけにハキハキと告げた。

「それがわかっているならば、別れを恐れる必要はないと思うのです。出会いと別れを繰り返すうち、わたしたちにも必ず終わりが来ます」

「お……おう」

「そのとき、良い出会いも、悲しい別れも、いずれも幸福な記憶として、わたしと共にこの世から消えるでしょう。それだけのことです」

旅行の間じゅう、子供のようにはしゃいでいたロイドが、まるで威厳に溢れた高僧のような言葉を淡々と吐き出すことに、海里はすっかり困惑してしまっていた。

だが、どうにか疲れた頭をフル回転させ、彼はシンプルな質問を口にする。

「なんで、悲しい別れまで、幸福な記憶にカウントされてるわけ？」

するとロイドは、常識を語る口調で即答した。

「別れが悲しければ悲しいほど、その方と幸せな時間を過ごしたということになりましょう？」

「あ……」

「出会いは、悲しみを生むためのものではございますまい。大切な方との出会いは幸せ、その方との別れがつらく悲しいのも、また幸せなこと。だからこそ、よき出会いと言えるのではありますまいか。わたしはそう思っておりますが、人間にはそのような考え方はないのでしょうか？」

今度は逆に問われ、海里は曖昧に首を傾げた。

「わっかんねえ。少なくとも、夏神さんはそんな風には思ってないみたいだけど、でも、お前の考え方も悪くねえな。寂しいのも悲しいのも、幸せだった証拠か。そう思うと、何だかちょっと救われた気分になれる。夏神さんにも、いつかそんな話ができたらいいな。お前の受け売りになっちまうけど」

「で、ございましょう？　年長者の申すことには、多少の有難みがあるものでございますよ。受け売りしてくださってもよろしゅうございますし、とりあえず今、わたしを存分に讃えてくださってもよろしゅうございます」

ロイドは得意げに両手を軽く広げてみせる。海里は、ゲンナリした顔で肩を落とした。

「……お前さあ。せっかく超いいこと言ったのに、自分で台無しにするのが得意中の得意だよな」

「はて、台無しにした覚えはございませんが……それはともかく」

そこで言葉を切り、ロイドは自分の目のあたりを指さした。

「最寄り駅まで、お休みください。お目が赤うございます。やはり海里様もお疲れなのでしょう」

「……ん」

目が充血しているのは、ロイドの言葉が胸に響きすぎて、うっかり涙ぐんでしまったからなのだが、それを打ち明けるのは、海里のプライドが許さない。

「んー、まあ、ちょっと、そうかな」

曖昧に同意して、海里は再び目を閉じた。

すると、一度は影をひそめていた疲労が、たちまち戻ってくる。

驚くほど素早く、海里の意識は、眠りの波に攫われていった。


里中李英が、海里の携帯電話に連絡してきたのは、それから五日後、金曜日の夕方のことだった。

開店準備が一段落し、二階の茶の間で夏神やロイドと共にテレビを見ていた海里は、彼らの邪魔をしないように、携帯電話を耳に当てたまま立ち上がり、自室に戻った。

先日の川床料理の礼を丁寧に言ってから、李英は酷く申し訳なさそうな声で、海里にこう切り出した。

『先輩、もし明日、特にご予定がないようなら、僕を手伝っていただけませんか？』

敷きっぱなしの布団の上にごろんと仰向けに寝ころび、海里は怪訝そうに問いかける。

「別に何も予定はねえけど、お前を手伝うって、何？　バイト？」

『そうなんです。便利屋のバイトなんですけど、明日、一緒に仕事をする予定だった社員さんが急病で行けなくなっちゃって。だけど他のメンバーも、明日は他の仕事が入ってて、代わりがいないんです。僕と店長だけじゃちょっと手が足りなそうで……』

海里は、思わず眉根を寄せた。電話なので、思いきり嫌そうな顔ができる。

「何だよ、俺にお前の職場で、臨時雇いになれってか？　それはともかく、何すんの？　俺、非力だから、引っ越し要員とかは無理だぞ」

『引っ越しじゃなく、急逝された方のお部屋の片付けです。そんなに凄い力仕事はないって聞いてます』

「急逝された方の部屋の片付けって、いわゆる遺品整理か？」

『そうです。マンションの一室をまるっと片付ける感じで。結構物が多いらしいんですよ』

「かー、大変そうじゃん。まあ、ちょっとドラマチックな仕事ではあるけどさ」

『はい。大変なのがわかっていながらのお願いで申し訳ないんですけど、何とか手伝っていただけると助かります』

切々と助力を乞う李英に、海里は「面倒臭い」という言葉を声に出さずに飲み下す。口調がいささかぶっきらぼうになってしまうのは、やむを得ないことだ。

「んー……。つかそれ、お前を手伝うっていうより、社長を手伝うんだろ。お前がそんなに頼み込む必要はないんじゃねえの。ったく、相変わらずお人好しだなあ」

声はまだ少し不機嫌なものの、海里はようやく顰めっ面を緩めた。

休みの日に働くのは決して嬉しいことではないが、芝居ではないにせよ、李英と再び肩を並べて仕事ができるのは、ちょっと楽しそうだ。

しかも、バイトが演技の肥やしになると聞いた後では、便利屋の仕事を一日くらい経験しておくのも、あるいは将来のために役立つかもしれないと思えてくる。

『やっぱり、駄目……でしょうか。先輩以外に頼れる人がいなくて、我が儘を言ってしまいました。すみません。でもやっぱり、身勝手過ぎますよね。僕、やっぱり』

李英が勝手に反省し、頼みを引っ込めそうな気配を感じて、海里は慌てて返事をした。

「や、行くよ。ちょっと興味ある仕事内容だし、お前が困ってんのに、ほっとけねえだろ。行かないと、かえって気になって仕方ないっつの」

『ホントですか？　すみません、厚かましいですけど、凄く嬉しいです！　ありがとうございます！』

携帯電話を持ったまま深々とお辞儀している姿が目に浮かぶような上擦った声で、李英は何度も感謝の言葉を繰り返す。

「いい、いいから！　お前がお礼を言う筋合いでもねえだろ。ありがとうは明日、社長から聞くよ。とにかく、早く時間と場所を教えろって」

海里は勢いよく身を起こすと、メモ帳とペンを取るため、小さい丸テーブルに手を伸ばした……。

「やあ、どうもどうもおはようさん。君が里中君の友達かいな。今日はありがとうな。えらい助かったわあ」

赤と白のツナギを着込んだヒョロリとした中年男は、マンションのガレージに停めた軽トラックから降りるなり、律儀に野球帽を取った。

その帽子を小脇に挟むと、流れるような手つきで名刺を差し出してくる。

この男が、昨日、李英経由で臨時の助っ人を依頼してきた、便利屋の店長であるらしい。

どうやら、彼はフランチャイズ店を経営しているようだ。赤と白の制服とおぼしきツナギを着用しているし、名刺にも軽トラックにも、たまにネットで広告を見かける社名と、両腕に力こぶを作って「何でもやります！」と宣言する、マッチョな男性のロゴマークが描かれている。

イラストとはまったく違う、筋肉などろくになさそうな、むしろ図書館の片隅が似合う雰囲気の店長に先に挨拶されてしまい、李英と並んで彼を出迎えた海里は、慌てて両手で名刺を受け取り、挨拶を返した。

「あっ、はじめまして、五十嵐です。社長、今日はよろしくお願いします。名刺は持ってないんで、頂戴するばっかで失礼します」

フルネームを名乗ると、今でも時折、「えっ？　もしかして、あの五十嵐カイリ？」と言われることがあるので、半ば無意識に、名字だけを名乗る癖がついてしまった海里である。

しかし挨拶は芸能界では重要視されるアクションの一つなので、やたらキレのいい口調でそう言い、完璧な角度で頭を下げた海里に、店長は「おっ」と大袈裟にのけぞって笑った。

「ええ挨拶やな〜。せやけど、僕は社長やのうて店長や。早速、おだててくれてありがとうな。里中君もええ子やけど、君もええ感じやんか。ほな、早速仕事にかかろか。後ろに積んどる段ボール箱と梱包材、部屋まで持って上がってくれるか。三階や。しかし、イケメンの友達はイケメンやなぁ。里中君はかっこいいけど、五十嵐君も相当いけてるやん。こないなバイトせんでも、モデルでもいけるん違う？　普段は何しとん？　学生さんか？　学生さんやわなあ。彼女おんの？」

仕事の指示と世間話と質問をシームレスかつ超高速で繰り出され、海里は目を白黒させて返答に詰まる。李英は困った顔で笑って、「いつもこういう感じなんですよ、店長」と囁いた。

実際、返答は特に求めていないらしく、店長は喋（しゃべ）りながらも、軽トラックの荷台から、畳んだ状態で重ねて束ねた段ボール箱をどんどん下ろしていく。頼りない見かけのわりに、腕っ節は意外に強そうだ。

なるほど、自分の荷物は、作業場の片隅にでも置くのだろう。バックパックを背負って来て、両手がフリーの李英は、すぐに作業を手伝い始める。

「そういうことかぁ」

早速後れを取った海里は、慌てて肩に引っ掛けていたメッセンジャーバッグを斜めがけにして、自分も意外とズッシリした段ボール箱を両手で抱え上げた……。

今日の彼らの「職場」は、尼崎（あまがさき）市内にあるマンションの一室である。

駅前の再開発地区に建ち並ぶ高層マンションではなく、昭和の高度経済成長期に「最先端」だったと思われる五階建ての古びた建物は、今ならレトロ好きに大人気になりそうな物件だ。

店長に連れられて入った三階の一室も、実に昭和な間取りだった。

玄関を入ってすぐ、初期のシステムキッチンが備え付けられたリビングダイニングがあり、一応、目隠しのつもりか、玄関の上がり口には、プラスチックの大粒ビーズを連ねた暖簾（のれん）のようなものがかかっている。

その奥に、襖（ふすま）で仕切られた六畳の和室とトイレと洗面所、そして浴室があり、決して広くはないが、なかなか機能的な住まいだ。

李英と海里は、段ボール箱をリビングダイニングの壁に立てかけて置き、その近くに自分たちの荷物も置いた。

店長は、最後に運んできたクーラーボックスを、玄関近くの床に置いた。

「こん中に、お茶やら水やらスポーツドリンクやら冷えとうから。好きに飲んでええで。今日も暑うなりそうやし、熱中症になるんだけは堪忍な」

親切というよりは、明らかに面倒ごとは避けたい様子でそう言うと、店長は「さて」と、作業を指示しようとした。

だがそのとき、彼のツナギの胸ポケットで、スマートフォンがその存在を主張し始める。

「あ、ごめんやで。別の現場からや」

そう言うと、店長はスマートフォンを耳に当て、外に出ていった。

海里は、リビングダイニングの真ん中に突っ立ったまま、家の中をぐるりと見回した。

しばらく換気していないのだろう、部屋の中には、古い家独特の湿り気と埃の臭いがこもっている。

昔は最新式だったであろうシステムキッチンの戸棚は黄ばみ、シンクには皿が一枚とマグカップが一つあった。

艶を失ったステンレスの調理台の上には、一応、小さなまな板が立ててあるが、さほど使い込まれてはいないようだ。

「ひとり暮らしだったのかな。玄関の靴から見て、部屋の主はとりあえず男だな」

海里が言うと、李英は頷いた。

「店長さんに聞いた限りでは、ひとり暮らしだったそうですよ。まだお若い男性で、会社に出勤途中に交通事故で亡くなったそうです。先々週でしたっけ、ニュースで見ませんでした？　西宮の国道沿いで、暴走した自動車に通行人が次々撥ねられた事件」

「ん？　あ、あーあー！　店のテレビで見た、それ！　店からわりに近かったから、夏神さんと怖いなって話した覚えがある」

少し考えてから、海里はポンと手を打った。

「確か、クスリをキメてた奴が運転してたんだよな？　で、二人だか三人だかが亡くなった……。そっか、あの事件の被害者か」

李英は、持参のエプロンを身につけながら、痛ましそうに頷いた。

「らしいです。ご実家が遠方にお住まいなので、片付けを僕らに依頼してこられたそうです」

「なるほど。それでなんかこう、ちょっと出掛けてるだけ、みたいな感じがするんだな」

海里も李英に倣ってバッグからエプロンを取り出し、手に持ったままで眉を曇らせた。

言われてみれば、シンクの中の食器はいかにも慌ただしく朝食を済ませたという雰囲気だし、和室に置かれたベッドは、起き出したそのままの乱れた状態である。

二つ折りになった布団の上に、乱雑に脱ぎ捨てられたジャージの上下が、恐ろしく生々しい生活感を二人に突きつけてくる。

「こういうのを見ると、死は、本当に突然にやってくるんだなって実感しますね。この部屋に住んでいた人、出掛けるときには、もう二度と戻ってこられないなんて思いもしなかっただろうな。当たり前ですけど」

寒気を覚えたのか、李英はTシャツの上から両手で二の腕をさする。

海里が口を開こうとしたとき、扉を必要以上に勢いよく開け、店長がせかせかした様子で戻ってきた。

どうしたのかと問いかける暇もなく、彼はスマートフォンを指さして言った。

「えらいこっちゃ、別の引っ越し現場で事故が起こってしもた」

「ええっ、どうしたんですか？」

驚く李英に、店長は早口で答えた。

「タンスを運び出すときに、先に下りとった奴が階段を踏み外したらしいわ。そのまま、タンスと一緒に落ちて……アレや。やらかしよった～」

「うわっ」

その光景を想像して、海里は顔をしかめる。店長も負けず劣らずの渋い顔で、スマートフォンをポケットにねじ込んだ。

「とにかく救急車呼べ言うたけど、心配やし、僕が行かんとどうにもならんやろ。悪いんやけど、ここは君らに任せてええか？」

李英は、どうしようかと言いたげに海里を見る。むしろ、自分よりこの職場が長い李英が返事をしてくれたほうがいいのだが、何につけても先輩を立てる彼の性格をよく知っているので、海里はすぐに口を開いた。

「それはいいですけど、具体的に、何をどうすりゃいいんですか？」

すると店長は、即座に両腕を大きく広げてみせた。

「簡単や。この部屋にあるもんを全部、売れるもんと売れへんもんにより分ける。売れへんもんは基本ゴミやから、ポリ袋に詰める。売れそうなもんは綺麗にダン箱に詰める。売れる割れ物は包む。そんだけや」

店長の簡潔すぎる指示に、海里は困惑して両手を振った。

「や、ちょっとざっくり過ぎですって。売れるものと、売れないものって？」

店長は、手近にある二人掛けのダイニングテーブルを指さした。

「リサイクルショップやら何やらに売れるもんて、わかるやろ。ここやったら、テーブル売れる、椅子売れる、腐ったバナナは売れへん、皿売れる、そういうこっちゃ」

「……なるほど。そういうの、俺たちで勝手に決めちゃっていいんですかね。ご遺族さんの指示とか……」

「ご遺族さんから、この部屋の中のもんの処分は一任されとうねん。全部ゴミに出すんも勿体ないし、銭もかかる。それやったら、売れるもんは売ったほうが、ゴミは減る、うちは儲かる、ういんういん、とかいう奴やん」

　おそらくは〝Ｗｉｎ‐Ｗｉｎ〟と言いたかったのだろう、イライラした様子で説明を付け加える店長に、李英は戸惑いがちに問いを挟んだ。

「ですけど、店長。部屋にあるものを全部って、中には大事なものとか、必要なものとか、思い出の品とかがあるんじゃ……」

「いんや、要るもんはもう、葬儀のときにご遺族さんが全部引き上げていきはったから、気にせんでええ」

「あっ、そうなんですね？」

「うん。通帳やら現金やら金目のもんやらは、全部持って帰りはった後や。つまり、この部屋の中にあるもんは、全部要らんもんやねん」

　店長は、再び鳴ったスマートフォンの液晶を睨みながら、投げやりに言った。

「なんしか、そういうこっちゃから頼んだで！　出来るだけ早う戻ってくるし」

　そして、戸惑う李英と、絶句する海里にはそれ以上構わず、店長はせかせかした動きで部屋から飛び出していった。どうやら、他所で起こったトラブルは、かなり深刻な事態らしい。

　玄関の扉が閉まる音を聞いて、海里と李英は再び顔を見合わせた。

「どうしましょう」

　心細そうにそう言った李英に、海里は肩を竦めてみせた。

「どうしましょうって、片付けろって言われたんだから、やるしかないだろ。眺めてたって仕方がないし」

「……ですよね」

李英は、何とも居心地が悪そうな様子で返事をする。

「とはいえ。なんか……生々しくてやりにくいな。他人様の部屋を荒らすみたいでさ」

「泥棒になった気分ですね。仕事なのはわかってますけど」

李英も、段ボール箱と一緒に持ってきた軍手を手に持ったまま、悲しげな顔で付け加えた。

「たとえご遺族さんにとっては必要のないものでも、ご本人が好きで集めた物ばかりなんだろうと思うと、申し訳ない気がします」

海里も唇をへの字にして同意する。

「だよな。きっと、他人に見られたくないものがいっぱいあるんだろうなと思うと……こう」

「いっぱいあるんですか、先輩」

「あ？」

「部屋の中に、他人に見られたくないものが」

「……まあ、それなり。お前はねえの？」

李英は、ちょっと考えてかぶりを振った。

「あんまり。でも確かに、日記だけは嫌かなあ」

海里は驚いて、弟分の童顔を見た。

「お前、日記なんか書いてんの？」

「パソコンの日記ソフトで、ごく簡単に。舞台の仕事を始めた頃から、ずっと続けてるんですよ。話したこと、なかったでしたっけ？」

「聞いたことない。何書いてんの、日記って。彼女のこととか？」

「まあ、いるときは、それなりに」

ヒュウッと短い口笛を吹き、海里は李英が差し出した軍手を嵌めた。わりに薄手で、指によく馴染む。指先と手のひらに滑り止めのゴムがついているので、作業がしやすそうだ。

軽くからかわれた李英は、恥ずかしそうにそばかすの浮いた頬を赤くして、俯いた。

「その日にあったこととか思ったことを、一行以上、十行以内で書くことにしてるんです。そうすることで、その日の自分の心を整理整頓できる気がして」

「へええ。すっげえな、お前。それ、あとで読み返したりする？」

「ごくたまに。こっちに来る前に、先輩と一緒にミュージカルをやってた頃の日記、少し読んでみたんですよ。そしたら、ほぼ毎日先輩の話で」

それを聞いて、海里は笑い出す。

「何だ、そりゃ。俺大好きマンかよ」

すると李英は、真面目な顔で頷いた。

「今だって先輩のことは大好きですけど、当時は何ていうか、もう、神？」

「は？　当時の神は、演出家の先生だろ」

鬼のように厳しかったが、素人同然の海里たちを短期間でミュージカル俳優に育て上げてくれた演出家の怒り顔を思い出し、海里は思わず亀のように首を縮こめる。

床に両膝をついて段ボールを組み立て始めていた李英は、手を止め、自然な動作で正座した。

「確かに。とっても厳しい神様でした。だとすると……そうですね、先輩は天使かな」

「は？」

「だって、演出家の先生や、ダンスや歌が上手な奴らに、いつも駄目出しされて心が折れてばっかりの僕を、先輩はいつも見守って、励まして、一緒に頑張ろうって手を引いてくれてましたから。うん、そうですね。そういうの、守護天使っていうのかも」

貶される分には耐性が高いくせに、正面切って讃えられると、たちまち照れていたたまれなくなる海里である。

李英が組み立てたばかりの段ボール箱をむんずと摑むと、目元をうっすら歪めて、いきなり強い調子で言い放った。

「と、とにかく！　何でもいいけど、喋ってばっかじゃ給料泥棒だろ。全部片付けなきゃいけねえんだから、始めようぜ」

「あ、は、はいっ」

　李英もすぐに立ち上がる。

「でも、どういうふうにしましょうか」

「ん……そうだな。とりあえず、そんなに広い部屋じゃなし、二人で一つところにひしめいてるのも、効率が悪いだろ。二手に分かれようぜ。俺はこっちの和室から始めるから、お前はリビングダイニングからでどうだ？」

「そうですね！　じゃあ、分別は……」

「とりあえず、自分の判断で、どんどん分けてく。どうしても迷う奴はまとめといて、店長が帰ってきたら決めてもらう。それでいいだろ。あと、これが自分なら見られたくないだろうなってもんは、あんま見ずに処分するほうへ回そう。そんでいいか？」

「はいっ」

　李英はビシッと気をつけして、敬礼の真似事をし、嬉しそうにクシャッと笑った。

「やっぱり、先輩は今でも、僕の天使ですね。舞台の上じゃなくても、引っ張ってくださってありがとうございます」

「ばーか。いいから、仕事すっぞ」

「はいっ」

　李英はまだ畳んだままの段ボールとガムテープを手に、キッチンのほうへ向かう。

「そんじゃ、俺も始めますか。まずは、布団を片して、物を並べるスペースを作るかな。

「それから……」

まるで自分自身に指示を与え、気の進まない仕事に意識を向かわせようとするかのように独り言を言いながら、海里は部屋の住人が何の気なしに抜け出し、ついに帰ってくることのなかったベッドに歩み寄った……。

部屋を見れば、住人の人となりがわかる、とはよく言われることだ。

本当にそのとおりだった……と、海里はしみじみと驚きの息を吐いた。

遺品整理の仕事を始めて四時間あまり。

李英と二人、時折言葉を交わしながらも、それぞれの持ち場で黙々と作業を続けている。

ついさっき、三十分ほど昼食休憩を取った。昼休みは一時間与えられるそうだが、二人とも、持参したコンビニのサンドイッチやおにぎりを食べ、一服すると、まるで見えない糸に引かれるように、どちらからともなく作業に戻った。

「しっかし、詰めても詰めても……」

海里の口から、思わず愚痴めいた呟きが漏れる。

この部屋の住人は、音楽とマンガが大好きだったらしい。

さっき、CDは売るほうの段ボール箱にきちんと詰め終わったばかりだが、その他にも、いわゆる「LPレコード」がたくさんあった。しかも、古いものではなく、今、第一線で活躍しているミュージシャンのものばかりだった。

李英によれば、最近は、敢えてCDだけでなく、LPレコードも同時に発売するミュージシャンが増えているらしい。

海里はレコードというものを聞いたことがないのだが、母親が昔、「盤に針を落とすときのドキドキ感とか、聞き終わったあと、しばらくの沈黙の後、針がすうっと上がるときの雰囲気がいいのよね。それに、ちょっとした雑音も味だわ」と、懐かしそうに語っていたのを覚えている。

プレイヤーもあったので、部屋の住人は、その手のアナログ感を楽しむセンスを持っていたのだろう。

海里はそうしたレコードやプレイヤーも、しかるべき店に売ることができるよう、丁寧に箱詰めした。

そして、マンガである。

つい先刻、着手したとき、海里は、すぐに本を詰める作業は終わると思った。

何故なら、窓のすぐ下に置かれた本棚は、海里の腰までしか高さがない小振りなものだったからだ。

しかし、何の気なしに一冊抜き取った海里は、ギャッと小さな悲鳴を上げる羽目になった。

本を抜き取ったその奥に、また本が見えていたのである。しかもよく見れば、本の上端と棚の間にできた空間にも、横にしたマンガがぎっしり詰まっている。

見た目よりずっとたくさんあるマンガをせっせと箱に並べながら、海里はふと眉をひそめた。

「……待てよ。これ、もっと冊数出てたと思うんだけど」

それは、海里も高校生の頃から愛読していた少年マンガの単行本だった。

主人公の少年が、行く先々で仲間と出会ったり、ライバルと競ったり、悪人と戦ったりしながら、徐々に力を付け、遠い理想郷を目指す……という冒険ドラマだ。

面白いのだが、主人公が武道大会に参加しようものなら、一試合終わるまでに数ヶ月、大会が閉会式を迎えるまでに数年かかったりするので、なかなかストーリーが進まない。

マンガが始まったときには年上だった主人公が、今となっては、海里より遥かに年下である。

この部屋の住人も、そのマンガを開始時から読み続けてきたらしい。

思わずパラパラめくってみた第一巻の奥付には、初版の文字があった。試しにランダムに数冊確かめてみたが、すべて初版本だ。どうやら、かなり熱烈な読者だったようだ。

しかし、海里の記憶によれば、その作品は今や五十冊以上発行されているはずだ。

それなのに、他のマンガと共に、本棚に収められているその作品は、三十冊あまり。

巻数は一巻から一冊も欠けることなく揃っている上、本棚の奥ではなく、手前のほうに並べてあるところをみると、亡くなるまでずっと好きな作品だったのだろう。

「とても、ここで読むのをやめちまうとは思えねえよな。ってことは……」

どうにも嫌な予感がして、海里はブルッと身を震わせた。それから立ち上がり、やけに勢いよく押し入れを開けてみる。

幸い、海里の予想は外れた。

押し入れは住人の手により、クローゼットに改造されていた。

つまり上のスペースにはつっかえ棒を渡して服を数着ハンガーでぶら下げてあり、下のスペースにはプラケースを並べ、実にきっちりと種類ごとに衣類が収納してある。

無論、それらもあとで分別しなくてはならないが、マンガよりは重量がない分、扱いが簡単そうだ。

「なかった……」

一度は胸を撫で下ろした海里だが、しかし「いや待てよ」と、ゆっくり背後を振り返った。

それから、まるで昆虫の形態模写でもするように、長身を折り曲げ、床に這いつくばるようにしてベッドの下を覗き込む。

「あああ！」

期待、いや恐れていたものをそこに発見して、海里は今度こそ大声を上げた。

食器を梱包材で丁寧に包む作業をしていた李英が、驚いて駆け寄ってくる。

「先輩⁉　どうしたんですか、いったい」

「……あった」

「何が？」

「マンガ。続きがねえからおかしいと思ったんだよな。ここにあったわ。しかもみっしり」

ウンザリした声音でそう言いながら、海里はベッドの下に両手を突っ込み、押し入れにあったのより平たいタイプのプラケースを次から次へと引っ張り出した。

透明のケースのいずれにも、マンガが隙間なく詰まっている。

「うわあ、たくさんありますね」

「仕事の合間の手近な娯楽が、マンガだったんじゃね？　つか、どれも綺麗に取ってあるな」

「問題なく売れそうですね」

「だな。せっかく何年もかけて、こんなにたくさん揃えたのに、他人の俺たちに二束三文で売っ払われるなんて、ムカツクだろうけど……すんません」

別に本人が恨み言を言うために化けて出たわけではないし、そもそもがこの部屋にあるものをすべて処分すると決めたのは海里たちではないのだが、それでも罪の意識を感じてしまい、海里は半ば無意識に両手を合わせて詫びる。

「申し訳ないです。せめて、僕たちは丁寧に分別しますから、許してください」

李英も海里に付き合って、換気のために開け放した窓の外に向かって合掌すると、ま手をつけるまでは躊躇いがちでも、いったん始めてしまえば脇目も振らずに熱中する。それが李英の性格だ。

（逆に俺は、始めるまではいいけど、やってるうちにどんどん考えこみ始めちまうんだよなあ。結局、ミュージカル時代から、お互い全然変わってねえってことか）

本棚とプラケースに収納されていた大量のマンガをシリーズごとに分けて紐で括りながら、海里は吐息と共に肩を落とした。

割り切って遺品整理の作業を進めるつもりが、さっきから幾度となく胸を過ぎるのは、彼が三歳のときに死んだ父親のことだった。

船乗りだった父親は、ただでさえ留守がちだったので、海里は父親との思い出が一つもない。

いや、実家のアルバムには、父との写真が何枚もあるが、さすがに赤ん坊の頃に父親に抱っこしてもらった記憶など、残っているはずもない。

海里にとって、父親とはいつも写真の中の人、母親と兄が語る思い出話の中の人だった。

言うなれば、物語の登場人物に近い感覚かもしれない。「お父さんはこんな人だった」と母親と兄から聞かされるたび、写真の姿に情報で肉付けして、父親の人物像を組み立てていたような気がする。

そんな父親が、確かに実在していたのだと海里に教えてくれたものは、今でも実家のリビングルームの壁面に掛けられている制帽だった。

紺色の本体に白い日覆(ひおい)を被(かぶ)せたその帽子には、金色の船員帽章が縫い付けられている。一等機関士だった亡き父親が、仕事中に被っていたものだそうで、海里の家では、仏壇ではなく、その帽子に毎朝毎晩手を合わせるのが、五十嵐家の習慣だった。

確かあれは、小学校二年生くらいの頃だっただろうか。

海里は踏み台を持ちだして、その帽子を壁から外し、被ってみたことがある。

そして、それを見つけた母親に、烈火の如く叱りつけられ、たちまち帽子を取り上げられた。

普段は温厚な母親が激怒したことに驚いた海里は、何の言い訳もできず、自分の部屋へ逃げ込んだように記憶している。

(悪戯(いたずら)なんかじゃなくて、あのときの俺はただ、父親の存在を少しでもリアルに感じたかっただけなんだけど……。お母さんの剣幕が凄(すご)すぎて、ビビッちゃって何も言えなかったな)

あのとき、帽子は幼い海里には大きすぎて、顔の上半分が帽子の中に入ってしまい、父親の使っていた整髪料の匂いと、船の機械油の臭い、それに煙草の臭いを嗅(か)ぎ取ったことを、未(いま)だに覚えている。

時間にすればほんの数分のことだが、それは実に鮮烈に、海里に父親がこの世に実在していたことを確信させてくれた。

と同時に、それは海里の母親にとっても、愛する人の気配を何よりも確かに感じさせてくれるアイテムだったのだろう。だからこそ、たとえ実の息子であっても、無造作に触れてほしくなかったのに違いない。

今ならば、海里には、母親の気持ちが少しはわかるような気がする。

（お母さんも、あの帽子、そっと被ってみたりしてたのかな。……今日のこの人のご遺族さんって、親かな。そんな風に、この人のことを思い出せる品物、ちゃんと持って帰れたかな。本当は、この部屋のものを一切合切持って帰りたかったかもな）

さっき机の引き出しを整理したとき、高校の学生証が出て来たので、この部屋の住人の名前も年齢も、当時の顔も知ってしまった。

海里より二歳年上の、快活そうな顔の、どこにでもいそうな感じの少年だった。きっと、その雰囲気のままで大人になったのだろう。

「学生証とか、遺族の人、要らなかったのかな。手元に置きたくないんだろうか。……いや、そんなこと言い出したら、キリがないか。どっかで区切りをつけなきゃしょうがないもんな」

積み上げた本に白い荷造り紐をぐるりと回し掛け、本を傷つけないよう適度な締め付けで結び目を作り、海里はひとりごちた。

そういえば母親も、気持ちの整理をつけるため、父親の遺品を帽子以外、ほとんど捨てしまったそうだ。それも、みずから捨てることがどうしてもできなくて、長男の一憲（かずのり）に捨ててくれと頼んだのだと、今年になって、海里は一憲から聞かされた。

「俺だって、そんなことはきつかったよ。だが、お母さんの気持ちも何となくわかったから、引き受けた。どうしても我慢できなくて、お父さんが使っていた万年筆だけは、自分の手元に置いてしまったが」

そのとき、一憲はそう言って、上着の内ポケットからその万年筆を抜き取り、海里に見せてくれた。アメリカ製の、やけに太い万年筆だった。

一憲は、今もその万年筆を使って、公認会計士の仕事をしているらしい。現実主義を絵に描いたような兄でさえ、形見の品を肌身離さず持ち歩くことによって、父親を近くに感じてきたのだろう。

そのことを思い出すと、遺族が死者の持ち物の処分を海里たちに託した気持ちも、わかるような気がした。

（情があったら、こんな作業、つらくてたまらないよな。次から次へと思い出が蘇（よみがえ）るかもしれないし、未練との戦いだろうし）

そう思うことで、プライバシーを暴いている罪悪感を振り払い、海里は次のマンガの山を作ろうとプラケースに手を突っ込み、あれっと声を上げた。

ケースと本の間に突っ込んだ指先に、本とは違う硬い感触がある。

軍手を外し、素手で注意深く摘（つ）まんで引っ張り出してみると、それはとても小さな鍵（かぎ）

だった。

　さほど凝ったものではない。薄い金属板をカットしただけの、実に大雑把かつ簡素な鍵である。

「なんだこれ」

　目の前に鍵を持ち上げ、海里は首を捻った。

「それこそ、秘密の日記帳の鍵……にしちゃ、でかすぎるか。だけど、建物の鍵とはとても思えねえし……あ、もしかして」

　そういえば昼休み前、机の引き出しの整理に着手したとき、いちばん下の引き出しには鍵がかかっていて開けられなかったことを、海里は思い出した。

　試しにその鍵を引き出しの鍵穴に当ててみると、案の定、鍵はピタリと穴に合致し、軽く回しただけで、カチリと音がした。

「あ、ヤバ。鍵、開いちゃった」

　海里のそんな声に、李英はまたとことことやってくる。

「何が開いたんです？」

「引き出し。さっき言ってたろ、一段だけ鍵がかかってて駄目だって」

「ああ、あれ。鍵、見つかったんですか？」

「うん、たぶんこれ、隠してたんだろうな。マンガの箱に入ってた」

「ありゃ……。中、見るんですか？　鍵がかかってたってことは、秘密の引き出しなんじゃないのかな。それこそ、誰にも見せたくないような……」

李英は気の毒そうな顔で、そんなことを言う。海里は、形のいい唇をへの字に曲げた。

「んなこと言ったって、ここだけノータッチってわけにはいかないだろ。ご遺族にお伺いを立てるにしても、俺たちが開けて、何が入ってるか見てからじゃないと。逆に、ご遺族に言わないほうがいいようなもんなら、俺たちがそっと、な」

「ああ……なるほど、それもそうですよね。武士の情けを発動すべき案件かもしれませんし」

やはり、李英が逡巡してくれることで、自分が思いきりよく行動できるのだと痛感しつつ、海里は椅子を引いて腰を下ろし、思いきって机の引き出しを開けてみた。

次の瞬間、二人の口からは、同時に「えっ」と驚きの声が上がる。

もっとあからさまな「男子特有の秘密の品」が入っているのではないかという二人の密かな予想を裏切って、引き出しの中身は、前面に苺の模様が描かれた、やけにファンシーな封筒がただ一枚だけだった。

封筒の表には、おそらくは幼い子供の手によるものだろう、青い色鉛筆で、「タクトのテーマ」と書いてある。

封筒の印刷が色褪せ始めていることから、それがかなり古いものだとわかる。

「タクトのテーマ？　タクトって、この部屋の住人のお名前でしょうか」

不思議そうに文字を読み上げた李英の推理を、海里はあっさり否定した。

「違うな。死んだ人の名前、山崎敦(やまざきあつし)だった。さっき、学生証見たんだ」

「じゃあ、誰でしょうね。ご家族でしょうか。あるいは、友達……」

「さあな。ま、一応、中身見とくか」

「そうですね。ご家族へのお手紙なら、勝手に捨てるわけにはいきませんし」

そこは李英もすぐ同意したので、海里は薄い封筒を取り、引っ繰り返してみた。

幸い、封筒の耳は閉じられていない。あっさり開けて中身を慎重に引き出した海里は、またしても驚き、「は？」と声を上げた。

「これ……何だ？」

「な……何でしょうね」

李英も、海里の手元を覗(のぞ)き込み、小犬のような顔で目をパチパチさせる。

戸惑うふたりの視線の先にあるのは、細長い四枚のカードだった。

おそらく、便箋(びんせん)の類(たぐい)ではない。

クリーム色の紙は、ハガキより少し厚いくらいのしっかりしたもので、片面には淡い色のインクで細かい格子模様が印刷されている。

カードはすべて同じサイズで、長方形にカットされている。幅は四センチくらい、長さは十センチ強あるだろうか。いわゆる、本についてくるしおりくらいの大きさだ。

二人を戸惑わせたのは、そのカードにランダムかつ大量に空けられている、丸くて小さな穴だった。

四枚の紙の穴のパターンは、まったく異なっている。パッと見では、法則性があるようにも思えない。

「何するもんだろうな、これ」

カードを机の上に縦に四枚並べ、困惑しきりの海里に、李英も自信なげな声を出す。

「うーん……。大昔の映画に、こういう紙、ありましたよね。大きなコンピューターに入れてるのか、そこから出てくるのか忘れましたけど、こんな感じに穴だらけのテープみたいなのが……」

「そういやあったな。けどこれはバラバラの紙だし、コンピューターに入れる奴より固そうだ」

「確かに。……うーん、ん！」

突然何か閃（ひらめ）いたらしき李英は、急に弾んだ声で言った。

「これ。もしかして、横向きに置けばいいんじゃないですかね」

そう言って、カードの向きを変えた彼は、上から二枚目のカードを指さした。

「ほら、横にしてみると、この紙の端っこ、ハート形に穴が並んでるように見えませんか？」

「あ！　ホントだな。さらに……こうしてみると」

海里も、明るい声を上げた。そして、李英がハート形の存在を指摘したカードを素早くひっくり返し、裏面の何も印刷されていないほうを表にした。

途端に、二人の口から、「タクト！」という言葉が上がる。

カードには、小さな穴を密に連ねることで、「タクト♡」という文字が刻まれていたのである。

二人は先を争うように、カードをすべて裏返し、並べる順番をあれこれ変えてみた。

たちまち、四枚のカードによるメッセージが浮かび上がる。

一枚目が、さっきの「タクト♡」、二枚目が「だいすき」、三枚目が「ずーっと」、そして四枚目が、「いっしょに」とはっきり読めた。

「熱烈なメッセージだな。ラブレターかな。けど、暗号ってほどのもんでもないよな。裏返すことさえ思いつきゃ、簡単に読めるわけだし」

「というか、タクトって誰でしょうね。テーマって、何のことだろ」

「……わかんねえ」

せっかく穴の並びの謎が解けてスッキリした二人だが、たちまち次の疑問にぶち当たり、再び頭を悩ませる羽目になる。

だが、しばらく腕組みして唸（うな）っていた海里は、「あー、やめやめ」と立ち上がってしまった。

「先輩？」

驚く李英に、海里はカードをとんとんと揃え、封筒に戻して言った。

「俺は『タクト』が誰かは知らないけど、とにかく死んだ人の、そいつが好きだって気持ちがこれなわけだろ。売れるもんじゃねえけど、わざわざ鍵掛けて引き出しにしまってたってことは、本人にとって、よっぽど大事なものだったってことだ。いくら何でも、俺たちの判断で勝手には捨てられねえよ」

きっぱり言い放った海里の言葉に、李英も大きく頷く。

「そりゃそうですよね。ご遺族さんに、どうしたらいいかお伺いしないと」

「だよな。とりあえず、店長さんが戻ってきたら相談しようぜ。それまでは、間違って他のもんに紛れて捨てないように、ここに入れとくわ」

そう言って、海里は封筒に戻したカードを、エプロンのポケットに入れた。そして、気持ちを切り替えるようにパンと手を叩いた。

「邪魔しといて何だけど、まだまだやることはあるんだし、とっとと作業に戻ろうぜ」

「は……はいっ」

李英はいそいそとキッチンのほうへ小走りに去っていく。

自分もマンガの片付けを再開した海里は、同じ作品の単行本をナンバリングどおりに並べながら、「それにしてもタクトって、誰だろ……」と小さく呟いた。

その夜、李英とアルバイト現場近くの中華料理屋で夕食を済ませ、海里が帰宅したのは、午後八時過ぎだった。

結局、店長が戻ってきたのは、二人の作業終了予定時刻である午後五時寸前だった。

どうやら、他の現場で起こった事故は予想以上に深刻だったらしい。

負傷したアルバイト店員は、命に別状はないものの、複数箇所に複雑骨折があり、手術の後、かなり長期にわたる入院が必要になった。

店長は、彼の入院手続きだけでなく、彼の実家への連絡、遠方から急遽駆けつける両親の応対とまさにてんてこまいで、海里たちの現場に戻ってきたときには、すっかり疲労困憊の体だった。

海里と李英も、二人だけでは予定どおりに作業を終わらせることができず、明日もまた二人で遺品整理の作業を続けることになった。

「すみません、先輩。週末を全部潰させてしまって。だけど、久しぶりに先輩と一緒に働けて、正直、すっごく嬉しいです」

本当は、多少の悪態をつきたい気持ちだった海里も、李英がそんなしおらしいことを言うので、うっかり「ばーか、俺もだよ」と返してしまった。

慣れない仕事で身体はくたくただったが、舞台の上ではないにせよ、李英と再び同じ場所で仕事ができたのが嬉しくて、明日もまたそれを続けたいという思いが強かったのである。

ただ、気にかかるのはロイドのことだった。

今日も、眼鏡の姿で一緒に行きたがるロイドを、「作業中、何かのはずみで眼鏡が壊れたらどうする」と諭し、どうにか説得して置いてきたのである。

明日もまた仕事に行くと言えば、退屈が何よりも嫌いなロイドは、少なからずむくれてしまうだろう。

そのことだけは多少気鬱に思いつつ帰ってきた海里は、休業日にもかかわらず、「ばんめし屋」の店舗スペースに灯りが灯っているのに気づき、「あれ」と首を捻った。

(夏神さんが、何か料理してんのかな)

煌々と灯りは点いているが、暖簾が出ていないので、営業している可能性はない。となると、新しいメニューの試作かもしれないと、海里は胸を躍らせて引き戸を開けた。

予想どおり、夏神の姿がカウンターの中にあった。揚げ物らしきいい匂いが、室内には漂っている。

「よう、お帰り。えらい遅かったな。何でも屋の仕事、どやった？」

「ん、何でも屋じゃなくて、便利屋だけど、面白かったよ。……つか」

海里は、視線を夏神から、カウンター席へと移した。

そこには、長身痩軀、もじゃもじゃ頭の男が気の抜けた笑みを浮かべて、やや猫背気味に座っている。

店の常連客、小説家の淡海五朗だ。

「や、どうもどうも。お邪魔してます」

どうやら夏神は、淡海のために料理をしているらしい。淡海の前には、いつもの定食とは違う、居酒屋のようにちょこちょこした小鉢が並んでいた。

「いらっしゃい。どうしたんですか、先生」

海里は、テーブル席の椅子の上にメッセンジャーバッグを置き、不思議そうな顔ながらも淡海に挨拶をした。

すると淡海は、カウンターの上に置いた紙袋を指さした。

「東京のテレビの仕事から戻ったその足で、お邪魔したんだ。一度、これを食べさせたくてね。五十嵐君は東京住まいだったから、知ってるかもしれないけど」

「わざわざお土産を？　ありがとうございます」

海里は目を輝かせて礼を言った。

小さな紙袋の隅っこには、「松露」という店名が印刷されている。

「松露って……あっ、名前だけは聞いたことがあります。玉子焼きでしたっけ？」

「そうそう。大きくてずっしりしてて、あまーい奴。京都のだし巻きみたいにふわふわしてないんだけど、そのくせ嚙むとじゅわっと汁気が出て来て、僕は大好きなんだよ」

楽しげにそう言って、淡海はビールのグラスに口を付けた。

夏神は、さらなる小鉢を淡海の前に置く。茄子の揚げ浸しだ。

「おっ、美味しそう。何だかかえって悪いね、マスター。海老で鯛を釣るってのは、これのことだなあ」

「何を言うてはるんですか。俺は松露の玉子焼きって、噂には聞いてましたけど食うたことがないんで、楽しみですわ。それに、晩飯食うてへんて聞いてしもたら、そのまま帰すわけにはいかんでしょう」

夏神のそんな言葉に、淡海は嬉しそうに相好を崩す。

「やあ、新幹線の車内で弁当でも買おうと思ってたのに、ワゴンが回ってくる前に寝落ちしちゃってねえ。だから、腹ぺこだったんだ。本心を言えば、ちょっとは期待してたかな。だけど、こんなにあれこれ手早く作ってくれるなんて思ってもみなかった。マスターはやっぱりプロだな～」

「いやいや。いつも定食につける小鉢をバラで出しとるだけですし。俺もたまにちまちま作ると楽しいんで、遠慮せんと好きなだけ食うていってください。お前も食うか、イガ」

そんな魅力的な質問をされて、一も二もなく海里が「うん」と返事をするとほぼ同時に、階段をドタドタと駆け下りる足音が聞こえた。

言うまでもなく、ご主人様の帰宅を察知し、人間の姿になって駆けつけてきたロイドである。

「お帰りなさいませ海里様！　いらっしゃいませ、淡海様！　そしてわたしも頂戴しとうございます、夏神様！」

「メイド喫茶かよ」

旨いものを食べられるチャンスは決して逃さない食いしん坊な眼鏡に、海里は思わず呆れ顔になった。しかし、すぐにその鼻先に、持ち帰ったビニール袋を突きつける。

「夏神さんの小鉢もいいけど、これ」

ロイドは驚いた顔をして、両手で恭しくそれを受け取る。袋の中を覗くなり、彼はたちまち満面に笑みを浮かべた。

「これは……！　ヒロタのシュークリームでございますね！」

「そ。阪神尼崎駅に店があったからさ。お前、前に食ったとき凄く喜んでたから、買ってきた。留守番のご褒美って奴。カスタードとチョコレートと、ツインフレッシュ。どれ定番だな」

「なんとお優しい……！」

「おっ、ええなあ」

感激するロイドを、夏神は半ば冗談、半ば本気の表情で羨んでみせる。淡海は、訝しげに小首を傾げた。

「ヒロタのシュークリームか。そういえば、東京でも何度か店を見かけたことがあるけど、買ったことはなかったなあ。美味しいの？」

それを聞いて、夏神は「ああ」と笑った。

「この辺の人間には、ヒロタのシュークリーム言うたら、ガキの頃から食うてる懐かしい菓子なんですわ。そら、凝った味やないですけど、理屈抜きで旨いもんですよ」

「へえ。東京の人におけるコージーコーナーみたいなもんかな」

「あ、近いかも。ほら、ロイド。ちょっと開けてみせろよ」

「畏まりましたっ」

ロイドはすぐさま、三つほど入った紙箱のいちばん上のものを取り出し、カウンターテーブルの上でぱっかり開いた。

細長い紙箱の中には、ころんとしたシュークリームが四個、一列に並んでいる。

「さすがに今は食わないでしょうけど、あとでよかったらデザートにどうぞ」

海里にそう言われて、淡海は嬉しそうにニッコリした。開けっぴろげに笑うと、目尻にくっきりした皺が刻まれる。

「嬉しいな。ちょうど四人いるから、一つずつだね」

「では、わたしは早速！　今日は一日、海里様がいらっしゃらなかったので、ずっと眼鏡で実に寂しゅうございました」

そう言いながら、ロイドは柔らかなシュークリームを、花でも摘むように注意深く取る。

「別に、家の中ならいつ眼鏡に戻っても大丈夫なんだから、人間の姿になってみりゃよかったのに。しばらくは保つんだろ？」

「そうは申しましても、海里様から離れてしまいますと、いつ眼鏡に戻るやもしれず、不安でございますよ。夏神様に気付いていただけなければ、お家の中で行き倒れになる可能性もなきにしもあらず……」

「狭い家ん中で行き倒れても、どうってことないだろ」

「何を仰いますか、年を経た貴重な眼鏡には、細心のケアが必要なのでございますよ」

「自分で貴重って言うなよな」

「厳然たる事実でございますから」

　呆れ返る海里に平然とそう言い返して、ロイドは幸せそうにシュークリームを一口で頬張った。

「ん～。この飾り気のない優しい味わいが、昨今ではむしろ貴重でございますねえ」

　そんな通ぶった発言をしながらもぐもぐと咀嚼していた彼は、ふと鼻をうごめかせた。

「……何やら、我が主より、獣の臭いが」

「は？」

　海里はビックリしたリスのようなアクションをして、突拍子もないことを言い出したロイドをまじまじと見た。

「俺、今日はペットショップに寄り道なんかしてないし、散歩中の犬にも出くわしてないし、野良猫を構いもしてねえぞ」

「いつもはなさっているのですか？　いや、それはともかく、何やら……むむむ」

　シュークリームを飲み下したロイドは、海里の身体の周りをふんふんと嗅いでまわり、次いで、海里が椅子の上に置いたバッグにそろそろと近づいた。

「な……なんだよ？」

　海里だけでなく夏神と淡海も、ロイドの突然の奇妙な言動をじっと見守っている。

やがてロイドは、海里のバッグを指さした。

「この中に、獣の気配が致しますな」

「……怖いこと言うなよ。まさか、部屋の片付けをしてる間に、鼠が入ったとか、そんな話じゃないだろうな」

海里は薄気味悪そうにそう言ったが、ロイドはやけに確信に満ちた顔つきで、かぶりを振った。

「いいえ、鼠ではなく……その、申し上げにくいことながら、海里様」

ロイドがそういうもってまわった言い方をするときは、たいていろくでもないときだと、これまでの経験で海里は嫌というほど思い知らされている。しかし、同時に好奇心が猛烈に刺激されているのも事実だ。

しばしの葛藤の挙げ句、海里は噛みつくように言った。

「言いにくいなら、いっそ言わないでほしい気もするけど、滅茶苦茶気になる……。くそっ、もうはっきり言えよ。何だよ？」

促されて、ロイドは胡乱げに目を細め、海里をじっと見た。

「いったい今日は、どこで何をしておいでだったのです？　いえ、詮索は致しませんが、そちらから、何か怪しげなものをお持ち帰りになったのでは？」

「……はい？」

海里はムッとした顔で言い返す。

「ばっかやろ、バイト先から物を持って帰ったら、そりゃこそ泥だろ。俺はそんなことするような人間じゃ……あっ！」

「あっ？」

明らかに腹を立てていた海里が急に大声を上げて硬直したので、他の三人までビックリして動きを止める。

「やっばい！」

そう言うなり、海里は自分が持ち帰ったメッセンジャーバッグに飛びついた。ファスナーを開け、中から今日一日使ったデニム生地のエプロンを引っ張り出す。

「しまったあああ……」

後悔の叫びと共にポケットから取り出したのは、くだんのカードが入った苺模様の封筒だった。

間違って捨てないようにエプロンのポケットに隔離したのはいいが、店長が来る頃にはすっかり忘れてしまっていた。そして、病院にとんぼ返りしなくてはいけない店長に促され、大急ぎで撤収したので、脱いだエプロンをそのまま丸めてバッグに突っ込み、カードごと持ち帰ってしまったのだ。

夏神は、ギョロ目を細めて、海里の手の中の封筒を見た。

「何や、その可愛い奴。手紙でも持って帰ってしもたんか？」

「いや、手紙じゃなくて、何だかよくわかんない紙切れが入ってんだけど……」

海里が例のカードについて説明しようとしたとき、ロイドが「やれやれ」と、やけに年寄り臭い声を出した。

「な……何だよ？　はっきり言えって」

海里はギョッとしてロイドを追及しようとした。だがロイドは、お喋りな彼にしては珍しく、唇を閉じたまま、何とも言えない憐憫の表情で、海里の背後を指さす。

「いや、だから言葉で……」

にゃー。

ロイドの代わりに「言葉」で答えたのは、どう考えても猫の声だった。

しかも、耳に聞こえたというよりは、頭の中に直接響くような、何とも不可解な声だ。

そして、海里は、そういう「声」をこれまでにも聞いたことがある。

「うああ……」

腹の底から絞り出すような呻き声と共に、海里は油の切れたロボットのようなぎこちない動きで、実にゆっくりと振り返った。

「えっ？　何？　何がどうしたの？」

淡海の声に反応する者は、店内には誰もいない。

「イガ……。俺は見えんけど、何や微かに聞こえた気ぃがするで。まさか、そういうアレか……？」

太い眉毛をハの字にしてそう言った夏神には答えず、海里は「あー！」と叫んで頭を抱える。

店の入り口近く、タイルの上には、黒い猫がちょこんと座っていた。

しかも、ただの猫ではない。

ゆったりと長い尻尾(しっぽ)を揺らしながら、緑色の瞳(ひとみ)でじっと海里を見上げるその猫の身体を透かして、後ろにある引き戸がうっすら見えている。

これは、この世の猫ではない。そんな言葉が、海里の脳裏を駆け抜ける。

「わたしという眼鏡がありながら、猫の幽霊をお連れになるなど、いかなる了見でいらっしゃいますか」

そんな悋気(りんき)丸出しのロイドの詰問に答える余裕もなく、海里は頭を抱えたままその場にしゃがみ込んだ……。

「じゃあ、何かい？　事故で亡くなった人の持ち物だったカードに、黒猫の幽霊がついているっていうのかい？」

ようやく落ちついた海里から、昼間の遺品整理中の出来事について聞きだした淡海は、小説家ならではの好奇心を露わに問いを繰り出してきた。

ひととおり話し終え、夏神が差し出したグラスの水をごくごく飲んでいる海里に代わり、ロイドが確信をもって肯定の返事をする。

「さようでございます。海里様がその封筒を取り出されたときに、わたしにははっきり感じ取れました。そこにおわす黒猫さんは、その封筒の中身にご縁があります」

「ははあ。君は眼鏡の付喪神だから、その手の感覚は僕たち人間より、ずっと鋭いんだろうね。そんな君の言うことだから、確かなんだろう。とはいえ、本当に黒い猫の化け物……じゃない、幽霊か、それがいるのかい？　僕にはまったく感じられないけど」

「よろしければ、お試しくださいませ」

そう言うが早いか、ロイドはセルロイド眼鏡の姿に戻り、淡海のチノパンの腿の上に着地する。

　夏神と海里を除けば、ロイドの正体を知る唯一の人物である淡海だが、さすがに目の前で変身されては、両手を上げて派手な驚き方をした。

「わあっ！　す、すごいイリュージョンだったたね……！　そうか。以前もこうして、僕が気付くことができなかった妹の姿を、君のレンズを通して見せてくれたんだっけ。あれは現時点における、僕の人生のハイライトだったなあ」

　そう言って、彼は薄い胸に右手を当てた。今は共に心を分かち合っている亡き妹の魂とこの店で「再会」したときの、大きな驚きと喜びが甦ったのだろう。彼は両手で恭しいほど丁寧に眼鏡を取り、自分の高い鼻筋に載せた。

　そして、海里が指さす店の入り口あたりに顔を向け、「おお！」と舞台役者のような声を出して相好を崩す。

「猫ちゃんだ！　つやっつやの黒い猫ちゃんだねえ。綺麗だねえ。おいでおいで」

　意外と猫好きであるらしい。淡海は文字どおり猫なで声を出して、猫のほうに身を乗り出して片手を差し出し、ちっちっちっと舌を鳴らして呼んだ。

　だが、猫のほうはまったくの無反応で、封筒を持っている海里のほうに顔を向けてじっと座り続けている。

「おや、僕には興味がないらしい。……マスターも見るかい？」

「ほな、ちょっと拝借」

夏神も、カウンター越しに眼鏡を受け取り、どれどれとかけてみて、「ホンマや。猫やな」とさほど驚いてもいない様子で頷いた。

世間で霊感と言われるものが、海里ほどではないにせよ多少はあるらしき夏神なので、さっき、猫の鳴き声が聞こえたらしい。それだけに、猫の幽霊の存在を疑ってはおらず、ロイドの力を借りて視覚でも確認できて、スッキリしたという顔つきである。

「と、いうわけで、黒猫の幽霊さんの実在はおわかりいただけたことと」

淡海と夏神が納得したところで、ロイドは再び人間の姿に戻り、夏神の隣に現れる。

夏神は、腕組みして海里を見た。

「お前、うっかりえらいもんを持ち帰ったもんやな」

「面目ない。わざとじゃないけど、まさか猫の幽霊つきのカードを他人様の家から持ち帰っちゃうなんてな……。しかも一応、遺品だし。明日、また同じところへ片付けに行くから、戻さなきゃ。ああ……やっちまったなあ」

カウンター越しに、シンクの脇に空っぽになったコップを置き、しょぼくれた様子の海里は、もう一方の手に持ったままのファンシーな苺模様の封筒をしげしげと眺めた。

誰にでも間違いはあるよと慰めの文句を口にしてから、淡海は自分が掛けている椅子を少し引き、海里のほうへ身体を向けて、やはり興味津々の様子で問いかけた。

「それにしても、黒猫の幽霊つきのカードなんて、尋常じゃないね。そのカードって、部屋の住人、つまり亡くなった人の持ち物なんだよね？」

「はい。鍵のかかった引き出しに入ってたんで、きっとそれなりに大事にしてたもんだと思うんですよね」

「だろうね。その……興味本位で実に不謹慎だけど、作家の本能だと許してくれるなら、ちょっとだけそのカード、見せてもらってもいいかな。猫の幽霊が憑いてるカードなんて、見たことも聞いたこともないから、好奇心が抑えきれない」

淡海は、糸のように細い目をいつになくキラキラさせて、海里にせがんだ。

「ええ……っとぉ」

他人の遺品だけに、すぐには「いいですよ」と言えず、海里は逡巡した。

自分とて、謎めいたカードに興味を惹かれたからこそ、間違って捨ててしまわないよう、エプロンのポケットに「避難」させたのだ。

しかも、そのカードに猫の幽霊が憑いていると知った上で、何食わぬ顔で明日、便利屋の店長に渡してしまうのは気が引ける。

おそらく、というかほぼ確実に、あの店長には、黒猫の幽霊は見えまい。そして、金目のものではないこのカードに、彼が興味を示すとも思えない。

カードが右から左へ捨てられてしまったら、目の前の黒猫の幽霊は、いったいどうなってしまうことか……。

（かといって、こんなわけのわかんねえカード、まして猫の幽霊つきなんて、どう扱えばいいのかさっぱりわかんねえし！）

狼狽えながら視線を彷徨わせる海里の視界には、瞬き一つせず、自分……いや、自分の手の中にあるカードを凝視する、半透明の黒猫の姿が見える。

（何とかしてやりたいな、あいつ。死んでからもあんな風にこの世に居残るってことは、何か思い残すことがあったんだろうし）

そう思うと、この際、淡海や夏神にもカードを見せることで、何かアドバイスなり情報なりを得たいという気持ちが、海里の胸の中で高まっていく。

死者のプライバシーと、目の前の幽霊猫の存在と、自分の良心と、やはり否定しきれないちょっぴりの好奇心。それらが胸の中で延々とせめぎ合うのを感じつつも、海里はとうとう心を決めて、封筒の中身をそっと抜き出した。

「実は、何だかよくわかんないカードなんです。いや、書いてあることは滅茶苦茶わかりやすいんですけど、なんじゃこりゃっていう……」

「うん？　ちょっと見せて。触ってもいいかな。猫ちゃんは怒ってない？」

「たぶん」

横目で黒猫が怒る素振りを見せないことを確かめながら、海里は淡海にカードを差し出した。

「ふむ。僕が予想してたような、メッセージカードとは全然違うんだなあ」

「むしろ、普通の事務用品って感じの素っ気なさですよね」

「ああ、そんな感じ」

淡海はカウンターの上の食器を脇にどけ、自分の前に一枚ずつ、四枚のカードを並べた。

夏神はカウンター越しに、ロイドは淡海の背後に立って、それぞれ身を乗り出してカードを見下ろす。

「ふむ？　やけに細長い、ちょっと固い紙質のカードだね。そこに、小さな穴で字を作って、メッセージを綴ってあるのかな。これ、順番は……」

「たぶん、こうです。こう、左から順番に」

海里は淡海の背後から手を伸ばし、カードを並べ替えた。淡海は、そのとおりに、カードに描かれた文字を読み上げる。

「ふうむ……。『タクト♡』、『だいすき』、『ずーっと』、『いっしょに』、かい？　可愛いメッセージだね。タクトってのは、誰かの名前なんだろうね。友達か、恋人か……。そうだ、そもそも亡くなった部屋の主ってのは、どんな人？」

「男性です。高校時代の学生証を見たんですけど、俺とあんまり歳が変わらないくらいの。あ、あと」

海里は、封筒の表も三人に示した。

「たぶん、この中身のカードのことを言ってるんだと思うんですけど、『タクトのテーマ』って書いてあるんですよね」

「タクトのテーマ？」

淡海の柔らかな声と、夏神の野太い声が、同時に復唱する。すると、それに反応するように、黒猫の幽霊が、「にゃおん」と野太い声で鳴いた。

海里とロイドは、思わず顔を見合わせる。

「海里様、もしや……」

「あ、やっぱし？」

二人と同様、猫の声だけは聞こえた夏神も、「まさか」とカードを見る。

「えっ、何？」

ひとり、何が起こったかわからずキョロキョロする淡海に、ロイドはごく控えめな口調で告げた。

「先ほど、海里様に続いて、淡海先生と夏神様が『タクトのテーマ』と仰ったところ、黒猫の幽霊さんがひと声、お鳴きになったのです」

すると淡海は、細い目を心なしか見開き、海里が手にする封筒の表に書かれた文字を指さした。

「その鳴き声ってのは、もしかしたら返事ってことかい？　つまり、『タクト』というのは、もしや、さっきロイド君が見せてくれた、そこにいる黒猫ちゃんの名前？　今は見えないんだけど、君、『タクト』っていうの？」

淡海の問いに答えるように、黒猫はまた一声、今度は小さく唸るように鳴いた。

「そうだって返事してるみたいです」

海里がそう教えると、淡海は「へえ」とちょっと嬉しそうにしたが、すぐ真顔に戻って、ガガンボを思わせる細長い指で、カードに空けられたたくさんの丸い穴をなぞった。

「なるほど、『タクト』という名の黒猫の幽霊が、『タクトのテーマ』と書かれた封筒の中の、これまた『タクト』への愛を語る四枚のカードに憑いている、と」

　すると、夏神が不思議そうに言った。

「それにしても、古そうな封筒やし、書かれとる文字も、何やヘタクソやし、子供の書いたもんみたいですね。部屋の住人の、子供時代の思い出の品やろか」

　夏神の疑問にすぐに自分の推理を述べることはせず、淡海はやはりカードの表面から指先を離さずに口を開いた。

「そうだねえ。確かに、子供の筆跡のように、僕にも見えるよ。あと、カード自体もずいぶんと変わってる。同じメッセージを綴るにしても、選んだカードと、文字を綴る手段が、どうにも不思議だねえ。子供の遊びと言えば、それまでだけど」

　海里も、小さく唸りながら淡海の疑問に同意した。

「俺も、それが不思議で。メッセージは凄くストレートだけど、変なカードですよね。それに、この穴。何か意味があんのかもしれないけど、想像もつかない」

「せやな。穴の形はまん丸やし、大きさも揃っとる。たぶん、パンチで空けたんやろけど、こないな穴で文字を作るより、マジックか何かで書いたほうが早いやろに」

「だよなあ」

夏神の言葉に同意して、海里は腰に手を当て、困惑の面持ちになった。ロイドも、そんな三人と、ひたすら座り続けている黒猫とを見比べるばかりだ。

淡海は、カードを一枚ずつ子細に眺め、しばらく黙っていたが、やがて小さく頷き、こう言った。

「自信はないんだけど、もしかしてこの穴に意味があるなら、僕、ちょっと心当たりがある……かもしれない」

海里は、思わず淡海のどこか仏像を思わせる顔を覗き込んだ。

「マジですか！　何なんです、このカード」

その質問には答えず、淡海は何故か、バッグからペンケースを取り出した。カードのサイズを短い物差しでサッと測ってから、ようやく海里の顔を見る。

「うーん、それはアタリだってことがわかってから言うよ。でないと恥ずかしいから。君たち、ちょっと待っててくれないか？」

「え？」

「たぶん、ほんの小一時間程度だよ」

「小一時間？」

面食らう海里に、淡海はよくよく見ないとわからないようなささやか過ぎるウインクをして、山のほうを指さした。

「いったん家に帰りたいんだ。確か、元の家の持ち主である叔父が、このカードに似たものを持っていた気がする。それを確かめてくるよ」

「それはありがたいですけど」

海里の返事を聞いて、淡海は満足げに頷き、身軽に立ち上がった。

「じゃあ、悪いけどちょっとだけ待ってて。すぐ戻るから」

「はいっ、心待ちにしております！」

ロイドは元気よく返事をしたが、夏神はさすがにちょっと心配そうに眉根を寄せた。

「ええんですか？　すんません、お土産持ってきてもろただけでもアレやのに、旅行帰りにそないなことさしてしもたら」

「あっ、そうか。淡海先生、東京帰りなんでしたっけ」

海里も心配そうな面持ちになったが、当の淡海は、むしろいつもより潑剌とした様子で、軽く手を上げた。

「いいのいいの。東京なんて在来線と一続きの新幹線一本で行けるんだから、楽なもんだよ。それにこういう謎解きは、作家にとっては大のご馳走だからね。行ってきます」

そう言い残し、淡海は店を出て行った。おそらく阪神芦屋駅前の乗り場で、タクシーを捕まえるつもりだろう。

急に静かになった店内で、夏神は海里に訊ねた。

「なあ、猫はどないしとる？」

海里は、引き戸のほうを見ながら答える。

「相変わらず、大人しく座ってる」

「幽霊の猫やから、餌は食わんのやろなあ」

「たぶんね。腹減ってるアピールとかもないし」

「そうか。何や、うちの店に来て、何も出さんちゅうんは据わりが悪いなあ」

いかにも残念そうにそんなことを言う夏神に、海里は思わず笑顔になった。

「だって夏神さん、ここにキャットフードなんて常備してないじゃん。今どき、汁かけご飯とか、猫にやる人いないよ」

「マジか」

「マジです。猫は腎臓が弱いから、塩分過多な食い物は駄目って聞いた。俺が仕事してた、朝の情報番組で獣医さんが言ってたよ」

「へええ。俺の祖母さんは、飯に鰹節混ぜてやっとったけどなあ」

「クラシックすぎ。なあ、ええと、タクト。お前はもっといいもの食わせてもらってたよなあ？　たぶん、あの部屋の住人だった山崎さんの飼い猫だったんだろ、お前」

海里は、黒猫の幽霊に話しかける。人の言葉がわかるのか、黒猫……タクトは、またにゃん、と一声小さく鳴いた。

「そうだって」

「おや、海里様は、眼鏡のみならず、猫の言葉までもがおわかりになるのですか？」

感心した様子のロイドに、海里は呆れ顔をした。

「お前はバリバリの日本語を喋ってるだろ。わかるもわからねえもないっつの。猫は、表情と声の感じで何となくわかるじゃん。まあ、あいつはわりにクールな顔だけど」

「ははあ。そういうものですか」

「そういうもんだよ。こういうことは、何となくでいいの」

やけにきっぱり言い張る海里に、夏神は可笑しそうに訊ねた。

「まあ、先生が戻ってくるまで待とうや。猫はともかくイガ、お前、晩飯は？　里中君と食うてきたんか？」

「うん。バイト先の近くに、超昔ながらの中華料理屋があってさ、そこで餃子……は、明日もバイトだから我慢して、チャーシュー麵食ってきた」

「そう言うたら、さっきそないなこと言うとったけど、明日もなんか？　いや、別にかめへんねんけど」

「構わなくはありませんよ！　明日もわたしはお留守番ですか？　せっかくの日曜日に？　今日に続いて？」

案の定、不満を露わにするロイドに、海里は両手を合わせて詫びた。

「悪い。先方に、予定外のアクシデントがあってさ。人手が足りなかったんだよ。で、今日で終わるはずの作業が終わらなくて、明日も頼むって。乗りかかった船だし、中途半端なところで手を離せないだろ？」

「それはそうかもしれませんが」

「悪いけど、今回だけは我慢してくれよ。また、埋め合わせにどっか行こうぜ」

「仕方がありませんねえ。まあ、お土産を買ってきてくださったことですし、今回は大目に見ましょう」

実に偉そうに赦しを与えたロイドは、テーブル席に陣取り、今度はチョコレートがかかったシュークリームの箱を開ける。

「よう甘いもんばっかしそない続けて食えるな」

感心した様子でそう言った夏神は、海里に視線を戻した。

「ほんなら、腹は大丈夫か？　待ち時間が暇やから、何ぞ作ったろかと思うたんやけど」

それを聞いて、海里はカウンターから身を乗り出した。

「マジで！　腹ぺこってわけじゃないけど、軽くなら入るよ。麺類だから、消化いいしさ」

「無理して食わんでもええねんぞ？」

「無理してない。つか、夏神さんがこういうとき、何作ってくれるのか知りたい」

そう言われて、夏神は、バンダナの上から頭を掻いた。

「そない大したもんを作るつもりはなかったんやで？　さっき淡海先生に出した惣菜の残りと、あとは雑炊くらいで」

「雑炊！　俺、雑炊好き！」

「わたしも好きでございます。あっ、十分に冷ましてからではございますが」

海里とロイドは、異口同音に夏神の提案を歓迎する。そんな打てば響くような反応に気をよくして、夏神は冷蔵庫を開けた。

「ほな……大した材料はあれへんけど、そうやな。明日も身体使う仕事やったら、あっさりしつつもスタミナがつくもんやないとな」

そう言って夏神が取り出したのは、青々としたニラだった。

「シラスとニラと卵の雑炊っちゅうんはどうや？」

「あっそれ、それ食べたい！」

ワクワクした顔でそう言うと、海里は夏神を手伝うため、カウンターの中に入っていく。ロイドも、三つ目のシュークリームを一口で頬張ると、いそいそと腰を浮かせたのだった。


そんなわけで、一時間余りして淡海が戻ってきたときには、海里とロイドは美味しい雑炊を平らげ、満ち足りた顔をしていた。

「ただいま。ん、ひときわいい匂いがするなあ。これは……中華っぽい？」

ひこひこと鼻をうごめかせる淡海に、海里は説明する。

「夏神さんが、雑炊作ってくれたんです。途中で味を変えるのに、貰い物のXO醬を入れてみたんで、中華っぽい残り香がするのかも」

「ああ、なるほどねえ。僕も、僕もあとで頂戴したいところだけど……」

そう言いながら、淡海はラップフィルムをかけた惣菜が並ぶカウンター席ではなく、広い空間が確保できるテーブル席に腰を下ろした。

淡海が「戦利品」を持ち帰ったのを察して、三人も淡海を取り囲むように着席する。

ワクワクを抑えきれず、最初に発言したのは、やはりロイドだった。

「淡海先生、『心当たりの品』を、首尾よく見つけることがおできになったのですか？」

すると淡海は、ニコニコして「うん、意外と簡単に見つかったよ」と言うと、軽そうな麻の上着のポケットを探り、「じゃーん！」というセルフ効果音と共に、何かを取り出した。

それは、海里が持ち帰ったカードとよく似た、しかし遥かに長いカードだった。

カードは少し端が黄ばんでいるもののしっかりしていて、端っこにはブルーブラックのインクで、何やらアルファベットが書き付けてある。装飾が見事すぎる筆記体なので、海里には咄嗟に読むことができなかった。

「えっ、淡海先生、それ」

驚く海里に畳んだカードを差し出し、淡海は懐かしそうに笑った。

「叔父の家、つまり今の僕の家だけど……に遊びに行ったとき、あのカードにそっくりなものを見せられた覚えがあったんだ。叔父は、とにかくガジェットの類が何でも大好きでね。で、叔父が残していったガラクタだらけのコレクションケースを漁ってみたら、入っていたよ。まだ十分に使えそうだ」

いくつかに折りたためるように長いカードを、海里はまず、手持ちのカードと比べ、それから顔の前にぶら下げて、何度か裏表を引っ繰り返してしげしげと眺めた。

「ホントだ。長さはともかく、幅は同じだし、先生のカードにも、同じような小さい穴がもっといっぱい空いてますね。だけど……先生のカードの穴は、特にメッセージじゃないみたいだ。だだだだっと斜めに穴を繋げてたり、平行線が出来てたりはしますけど、どう見ても、文字は読み取れないな」

「うん、それは文字じゃない」

妙に確信に満ちた口調を訝しみ、海里はカードから淡海の痩せた顔に視線を移した。

「それで、これと、俺が持って帰ったカード、同じ目的に使うものなんですか？　何なんです？　勿体ぶらないで、早く教えてくださいよ」

せっつく海里に、淡海は悪戯っぽく笑いながら、今度は反対側のポケットから、「たらーん！」と言いつつ、小さな木箱を取り出した。

蝶番で留められた蓋を開けると、箱の内部には、金属製の小さな装置が、ビスでしっかり固定してある。

そのパーツには、指二本で摘まんで回すのが精いっぱいの小さなハンドルがついており、持ち手が箱の外にちょんと突き出していた。

それを回すと回転するとおぼしき、プラスチックと金属を組み合わせた歯車がいくつか見える。

歯車の反対側は薄い板状の金属が二枚、狭い間隔で水平にセットされていて、その幅を見るだに、カードをそこに挿入するように出来ているようだ。

カードを通す部分は、木箱にスリット状の切り込みが作ってあり、蓋を閉めたままでも操作できそうだった。

「これは……何ぞ、分析機器……とかではないんかな。いくら何でも小さすぎるし、簡素すぎるか」

おっかなびっくりで木箱を手のひらに載せた夏神は、太い指でどうにかハンドルを回し、「えらい軽いなあ」と言った。

ロイドはやはり、落ち着き払った大人の顔に、子供のような天真爛漫(てんしんらんまん)な笑みを浮かべて淡海を見る。

「先生、これはいったい何でございます？　お聞かせください」

「カード式のオルガニート」

淡海の簡潔過ぎる答えに、三人はキョトンとする。

「おるが……にーと？　オルガン？　そしてニート？」

盛んに首を捻(ひね)る海里に、淡海は慌てて説明を加えた。

「いやいや。オルガンはともかく、ニートは今回は忘れて。つまり、これはオルゴールなんだ」

　夏神は、どうにも腑に落ちない様子で、ネジを巻く仕草をしてみせる。

「オルゴール言うたら、こう箱になっとって、ネジを巻いたら音楽が流れるアレと違うんですか？」

「そうそう、オルゴールって、中に金属で出来たクシみたいな奴があって、それをシリンダーに生えた小さいトゲトゲで弾いて音を出す、アレのことでしょ？」

「そういうのが一般的なんだけどねえ。まあ、僕も家で大急ぎで調べてきたんだけど、今、五十嵐君が言ったようなシリンダー式のオルゴールの場合だと、一本のシリンダーで演奏できる曲は一種類だろ？」

「そりゃそうですよね」

「それを何曲でも演奏できるようにするために、穴の空いた盤を差し替えるタイプのオルゴールが発明されたんだね。ほら、金属製の円盤を取り付ける、大きなオルゴールがあるでしょ。あれが一つ。それをもっと簡略にしたのが、この紙製のシートなりカードなりを差し込むオルガニートってことみたいだね」

「へええ」

　三人の感心の声が、同時に上がる。淡海は、照れ笑いしながら、装置の金属部分を指さした。

「ごめん、工学に明るい人ならもっときちんと説明できるんだろうけど、とにかく、こういうオルゴールは、穴の空いた場所によって、決まった音が出るようになっているそうなんだ。だから、どこに穴を空けるかで、鳴る音が変わってくる。つまり……」

「上手に穴を空けると、曲になる！」

「そう、たとえば、叔父が持っていたこのカードのようにね。入れて、ハンドルを回してごらん」

「はい、って……そうだよな、こういうのはお前の領域だよな」

いい返事をしたものの、隣にやりたいオーラを全身から発散している眼鏡がいるので、海里は渋々、淡海が持参してくれたオルガニートを手渡した。

「はい、わたしがしっかと演奏してご覧に入れますよ」

ロイドは嬉々として、自分の前に小さなオルガニートを据える。淡海が持参した細長いカードを、海里は二枚の金属板の間にそっと差し入れた。

入り口は緩いが、すぐに軽い抵抗が生まれ、しっかりとカードが上下からホールドされるようになっている。

「オッケー、蓋閉めて、ハンドルを回してみろよ、ロイド」

「かしこまりました！」

海里からゴーサインが出たので、ロイドは上半身を屈め、一心にハンドルを回し始めた。

ハンドルの径も歯車の径も小さいので、ずいぶん速く回しても、カードは思ったよりゆっくり装置に引き込まれていく。

やがて、お馴染みのオルゴールの澄んだ音色がポロン……と鳴った。

木箱全体が音を共鳴させているおかげで、思ったよりも音色は温かく、そして大きく響く。キュリキュリ……という金属が軋む微かな音が交じるのが、むしろノスタルジックなオルガニートの魅力を増しているようだ。

「綺麗な音やなあ」

夏神は感嘆の声を上げた。ロイドはますます一生懸命ハンドルを回し、海里は、カードの穴のとおりにオルガニートが奏でるメロディーに、じっと聴きいる。

「んー、これ、どっかで聴いたことがあるんだけど……なんだっけ」

すると淡海は、オルガニートを通り抜けたカードの端っこを指さした。

「ここに書いてある。『トロイメライ』……シューマンの有名な曲だね」

「あっ、それそれ。小学校の音楽の時間に聴きましたよ、俺」

海里はパチリと指を鳴らした。淡海も、うんうんと頷く。

「そうだろうね。和訳すれば、『トロイメライ』は『夢見心地』ってことになるかな。オルゴールにはピッタリの曲名だよねえ。しかも、上手に穴を空けてあるから、まるでピアノで弾いたみたいな凝った演奏だ」

「ホントっすね。なあロイド、もうちょっと滑らかに回せねえの？」

ところどころ、音がぎこちなくつっかえるのが気になって、海里は文句を言う。ロイドは、思いきり膨れっ面になった。

「これで精いっぱいでございますよ。ハンドルが小そうございますから、なかなかに難しく……ああ、終わってしまいました」

いくらカードが長いといっても、一メートル強といったところだ。すぐにカードは装置をすべて通り抜け、曲が終わってしまう。

床に落ちそうになったカードを海里は慌てて受け止めた。

淡海は、海里がテーブルに置いた「タクトのテーマ」と書かれた封筒を手に取った。中から、四枚のカードを取り出す。

「さて、ロイドさんのウォーミングアップが済んだところで、いよいよ本番、問題のカードだ。実はメーカーによって、カードの幅が違うようなんだ。だけど、僕の持ってきたカードと、五十嵐君が持ち帰ったカードは、幸いにも幅がまったく同じ。もっと紙幅が広いもの、つまり音数が多いものもあるけど、これはとてもシンプルなものだね」

「ってことは、同じメーカーのオルゴ……オルガニート？」

「おそらく。遠い昔ならともかく、こういうクラシックなものを、そんなにたくさんのメーカーが作っているわけではないだろうし。まあ、僕の推論が合っているかどうかは、僕には見えないけれど、黒猫のタクトが判定してくれるだろう」

「そうっすね。じゃあ……ええと、封筒に入ってたカードを……」

視界の端で、黒猫の幽霊がやはりちんまりと座っていることを確かめてから、海里はカードに視線を戻した。

「この四枚を、たぶん僕の持ってきたカードのように、一本に繋いでオルガニートに通すんだと思う。順番は……」

「やっぱ、『タクト♡』、『だいすき』、『ずーっと』、『いっしょに』の順ですかね」

「おそらく。穴を塞がないように、上手にテープで繋ごう。ただし、他人様のカードを傷めるわけにはいかないから、これを使おうか」

そう言って、淡海がさらにポケットから取り出したのは、マスキングテープだった。

彼の中に存在する亡き妹は、女子高生のまま心の時を止めている。それ故に、とにかく可愛いものが大好きらしく、今や淡海は「カワイイ」を解する作家として、メディアで引っ張りだこだ。

そんなこともあり、彼が持参したマスキングテープは、いかにも若い女の子が好きそうな、パステルカラーの可愛い水玉模様だった。

「わー、これ、どう見ても妹さんのチョイスっすね。ファンシーだわ」

そのあたりの事情をよくよく理解している海里は、若干引き気味ながらも、テープを受け取った。そして、四枚のカードを順番に、穴を決して塞がないよう、両端をごく薄く、その分長めに留めていく。

ほどなく、四枚のカードは、五十センチ近い一本の長いカードになった。それでも淡海が持参したものに比べれば、ずいぶん短い。

「それは、曲……になるんやろか。どっちか言うたら、メッセージのほうがメインみたいやけど」

夏神の不安げな声に、海里も同意する。

「だよな。まあ、タクト……あの黒猫が大好きって気持ちをカードに打ち込んだからこそ、『タクトのテーマ』なんだろうけど……マジでテーマになってんのかな」

だが、淡海は鷹揚に微笑んで、そんな二人を窘めた。

「それは、聴いてみればわかることさ。さ、拝聴しようじゃないか、僕には見えないけれど、そこにおわす黒猫タクトに捧げられた調べを」

「それもそうですよね。……そんじゃ行くぞ、ロイド」

「お任せあれ」

海里はさっきとは違い、やや緊張の面持ちでカードをセットする。

ロイドも、一つ深呼吸をしてから、「では、参ります」とハンドルに手を掛けた。淡海と夏神も、固唾を呑んで待つ。

カードが少しずつ箱の中に引き込まれ、キュリキュリ……とハンドルの回転に合わせた機械音がしばらく聞こえた後、さっきと同様、豊かな音が聞こえた。

だが、さっきの「トロイメライ」と違って、今回は決してきちんと作曲された旋律ではない。

とはいえ、まったくの雑音でもないことに、海里は驚かされた。

黒猫タクトへの素直な愛情を綴ったメッセージは、オルガニートを通り抜けるとき、偶然のメロディー、偶然の和音を奏でる。

お決まりのハーモニーではなく、不協和音気味だったり、変なところで音が途切れたり、間延びしたり、つんのめるように同じ音が続いたり……決して、安心して聴ける感じではないものの、その不安定さこそが世界にただ一つの曲というわけだ。

何より、海里とロイドの心を揺さぶったのは、オルゴールの音が聞こえ始めるなり、ずっと座っていた黒猫タクトの幽霊が、ゆっくりとテーブルに歩み寄ってきたことだった。

誰かの姿を追い求めるようにすらりとした首を巡らせたタクトは、オルゴールの音が途切れるなり、とても切なそうに、甲高い声で長く鳴いた。

「呼んでる」

そんな海里の呟き（つぶや）きに、夏神は「そうなんか？　誰を？」とギョロ目を剝（む）いた。

海里は首を傾げながらも、「たぶん……飼い主？　そこまではわかんねえけど」と言って、ロイドを見る。

「わたしには皆目わかりようもありませんが、おそらくは」

ロイドは曖昧（あいまい）に同意して、淡海に視線を向けた。

「どうやらカードの順番は、これで合っていたようでございます。黒猫の幽霊さんは、先生のすぐ横で、悲しそうにお鳴きになりました。おそらく、懐かしい旋律を聴いたからではないかと」

淡海は「えっ？」と横を見たが、自分には幽霊を見る力がないことを思い出したのか、少し落胆した様子で三人に向き直った。

「そりゃよかった。……亡くなった人の家にあったのは、カードだけだったのかい？」

　海里は頷いた。

「はい。少なくとも、引き出しの中にはカードだけでした」

「そうか。じゃあ、オルゴール本体は壊れてしまったのかもしれないね。……いずれにしても、悲しいことだ。猫の幽霊はここにいるのに、飼い主はもうこの世にいないなんてね」

　切なげに目を伏せ、淡海はまた、ジャケットの上から胸元に触れた。そして、海里に向き直る。

「で、どうするんだい？」

　いきなりストレートに問われ、海里は目を白黒させた。

「ど、どうって？」

「だって君、そのカードに黒猫の幽霊が憑いていて、しかもカードには亡きご主人様から黒猫への愛情が綴られていて、しかもテーマ曲つきだ。君たちが言うには、黒猫タクトは、その音にも反応したんだろう？　そんな有様を見て、君、まさかそのカードを明日、何食わぬ顔で便利屋の店長に託すのかい？」

「うっ……いや、だけど、俺はただのバイトだし、遺品を売るのも捨てるのも、店長の裁量だし……」

　海里はモゴモゴと弁解めいたことを口にしたが、淡海はゆったりと腕組みして、やや斜めにそんな海里を見た。いつになく冷ややかな視線に、海里は余計にドギマギさせられる。

「だから？　そんなカード、売ろうなんて誰も思わないだろう。君が貰い受けることは簡単なはずだよ。それとも、人間の幽霊は気になっても、猫はどうでもいいって手合いかい？　黒猫を成仏させてやりたいなんて、馬鹿馬鹿しい考えかな」

「そんなわけ、ないでしょう！」

　淡海の冷淡な言葉に挑発されて、海里は思わずテーブルに両手をつき、腰を浮かせ掛ける。

　そんな海里に、淡海はようやくいつものんびりした微笑を向けた。

「それはよかった。嬉しいよ」

「……え？」

「君は、僕の妹の魂にとてもよくしてくれた。僕たちが再び出会い、身体を分かち合い、この先の人生を共に過ごせるようにしてくれた。そんな君が、さまよえる猫を見捨てるところは見たくない……というのは、僕の我が儘なんだけどね」

「淡海先生……」

「何しろ君は、僕が一世一代のヒット作にしたいと思っている小説の、主人公のモデルなんだから。……頼むよ。僕のためにも、君が今見ている黒猫のことを、何とかしてやってくれないか？　ささやかなお礼に、このオルガニートは君にあげるから」

海里は、困り果てた様子で眉尻を下げる。

「確かに、俺もどうにかしてやりたい気持ちではいるんです。こいつ、何だかわかんないけど、凄く悲しそうな顔するし、切ない声出すし。だけど、どうすりゃいいんだか。飼い主は、とっくに死んじゃってるんだし」

「それは……僕にも何とも言ってあげられないんだけど」

淡海も、困り顔で首を捻る。

そのとき、そっと小学生のように手を挙げたのは、ロイドだった。

「あの、海里様」

「何？」

「明日、わたしをお連れくださいませ。無論、黒猫さん……つまり、黒猫さんの憑いた、このカードと一緒に」

「は？」

意外な申し出に驚く海里に、ロイドはコホンと咳払いしてからこう言った。

「お忘れかもしれませんが、わたしは人ならざるもの。海里様よりも、死者が遺した念や、物に宿った想いには敏うございます。わたしが、亡き飼い主様のお部屋に共に赴けば、何かを感じることができるやもしれません」

「……あー、なるほど。けど、そこそこの力仕事の現場だぞ。一応、眼鏡ケースに入れるくらいのことはするし、気をつけるようにもするけど……大丈夫かな。セルロイドって、それなりに壊れやすいんだろ？」

だが、海里の心配をよそに、ロイドは反っくり返って胸を叩いた。

「それは、金属に比べれば、というお話でございますよ。変形しにくく艶があり、それなりに丈夫なのがわたしの取り柄でございます」

「ホントかよ。……けどまあ、お前がいてくれれば、ちょっとは心強い、かも」

「かもではございません。泥……いいえ、大船に乗ったつもりで」

「泥って言った」

「いいえ、大船でございます。タンカー級でございますよ」

そんな主従の、こんなときでも間の抜けたやり取りに、夏神は片頰で笑って「よっしゃ」と言った。

「今回は俺の出番はなさそうやけど、応援はしとるからな。明日の夜は、何ぞ旨いもんでも作って待っといたるし、二人で頑張ってきいや」

「僕も、これ以上はお役に立てそうにないけど、僕の気持ちは、そのオルガニートに託すとするよ。……また今度、ことの顚末を聞かせてもらえるのを楽しみにしてる」

淡海もそう言って、オルガニートの小さな木箱を、海里の前にそっと置いた……。

翌朝、海里は昨日と同じように、李英と待ち合わせ、アルバイト先のマンションに向かった。

昨日と違うのは、特に必要もないウエストポーチをつけていて、その中に、眼鏡ケースに収められたロイドが入っていることだった。

少し悩みはしたが、海里は、李英には昨夜の件を何も告げないことにした。

李英はロイドの正体を知らないし、強い霊感があるわけでもない。おそらく黒猫タクトの幽霊には気付かないだろう。昨日、例のカード自体にはそれなりに関心を示していたが、特に何かを感じとった風はなかった。

無論、海里には絶大な信用を寄せる彼のことなので、打ち明ければ真剣に聞いてくれるし、信じてもくれるはずだ。

それでも、これからも便利屋のアルバイトを続けたいと願っている彼をみすみす厄介ごとに巻き込むことは、兄貴分としてはどうしても避けたかった。

そこで海里は、何食わぬ顔でマンションの山崎敦氏の部屋に入った。

昨日、別の現場で起こった事故のせいで大慌てだった店長は、今朝は少し落ちついた様子で、二人より先に部屋にいた。

「やあ、昨日は悪かったなあ。今日も来てくれてありがとうさん。昨日は二人で、よう頑張ってくれたみたいやんか。今日は僕もおるしな。三人でやろや」

疲れた表情をしているものの、昨日よりはずっと血色のいい店長の顔を見上げ、李英は心配そうに訊ねた。

「大丈夫ですか？　事故に遭った方は……」

「うん、まあ、まだバタバタやけど、ご家族が駆けつけてくれはったからな。看病は、とりあえずお任せや。労災やら何やらの手続きは大変やろけどもなあ。僕もこんなん初めてで、戸惑うばっかしやわ。ま、それは置いといて」

店長の声には、ひとまずその話題から離れたいという気持ちが滲んでいる。役者修業で人間観察に励んでいる成果か、それを敏感に察した李英は、「一緒にお仕事できるのは嬉しいです。でも、無理しないでくださいね」と、優しく労った。

一方の海里は、表情には出さないものの、かなりガッカリしていた。店長が今日も病院に詰めて留守なら、少しは李英の目を盗み、ロイドと室内を探ることができるかと期待していたからだ。

とはいえ、仕事を疎かにして、李英の顔に泥を塗るわけにはいかない。

「まずは働くか」

他の二人には聞こえないよう、ごく小さな声でロイドに囁くと、彼はエプロンを着け、昨日と同じように、遺品整理の仕事に取りかかった。

大量のマンガの整理は昨日終わったので、今日の海里のメインターゲットは押し入れである。

押し入れは主にクローゼットとして使われていたので、とにかく衣類を片っ端から取り出していく。

海里が黙々とより分けていると、隣室で李英と家電の整理や梱包をしていた店長が様子を見に来て、海里がいくつも箱を並べているのに気づき、不思議そうな顔をした。

「何で、服をいちいち分別しとるんや？ キロなんぼで買うてくれるで」

しかし海里は、あっさり言い返した。

「それは知ってますけど、ブランドものは、けっこういい値段で買い取ってくれる店がありますよ。何なら、あとで教えます。さすがに超一流ブランドの服はないですけど、そこそこ流行りのブランドの服があるんで、それは別にしてます。あと、新品の服も」

それを聞いて、店長は面長の顔を嬉しそうにほころばせ、畳の上に胡座をかいた海里の肩を強めに叩いた。

「いやあ、お洒落男子はやっぱし違うな！ ありがとう。助かるわ」

「いえ、それほどでも……って、あ、そうだ」

海里はふと、一番遠いところに立てて置いてあった大きな紙袋を引き寄せた。

「あの、これ。部屋の主が、実家から持ち出してきたのかな。子供の頃の文集とか、スケッチブックとか、この袋に詰めて押し入れの片隅に入ってたんですけど、こういうのは……」

海里が皆まで言わないうちに、店長はあっさり言った。

「あ、要らん要らん。そんなもん、全部捨てる奴や」

さすがに驚いて、海里は訊き返す。

「いや、ちょっと待ってくださいよ。さすがに、こういうのは、ご遺族にもう一度確認したほうがよくないですか？　もしかしたら、存在に気付かなかったかもしれないし。押し入れの奥のほうにあったんで」

だが、店長は、さっき海里の肩を叩いた手をヒラヒラさせて、素っ気なく言い放つ。

「いや、確認しても無駄やて。この人に関するもんは、ご遺族さんは要らんのよ」

「ええっ？　思い出の品とか、そういうのは特別でしょ。ご両親にとっては特に」

「それが違うねんなあ。ご遺族っちゅうんは、義理の兄さんやねん」

投げやりにそう言ってから、さすがに少し気の毒そうな顔で、店長は付け加えた。

「ご両親はもういてはらへんかって、家族は実の姉さんだけらしいわ。その姉さんが、身重で、しかも……何ちゅうの？　妊娠中毒症？　何しかえらい体調悪うて、入院して絶対安静なんやて。弟の葬式にも出られんくらいや」

「……そうだったんですか」

「うん。そやから万事、姉さんの旦那が塩梅してはるんやけど、やっぱし自分の仕事と嫁さんのことで手一杯やろ。嫁さんのほうも、うまいこと出産にこぎ着けても、今度は自分の身体の面倒と子供の世話でてんやわんやや。死んだ弟の持ち物なんか、気にしとう余裕はあらへんよ」

「なるほど、それで、やたら何でも捨てちゃうのか」

海里は、思わず溜め息をついた。ようやく、死者の持ち物があまりにも冷淡に切り捨てられている理由を知り、余計に故人が痛ましくなったのである。

「あの、じゃあ……」

海里は、ゴソゴソとエプロンのポケットから、例のオルガニート用のカードが入った封筒を取り出し、店長に見せた。

「こういう、紙工作っぽい奴も……」

「当然、ゴミや。ぱっぱーと捨ててや」

「……わかりました」

海里が頷くと、店長はせかせかと持ち場へ戻る。海里は、封筒をそっとポケットに戻した。

(ゴミなら、貰ってもいいよな。……つか、ごめんな、タクト。みすみすゴミなんて、嫌な言葉聞かせちまって。大事な、ご主人様の思い出の品なのにな)

今は姿は見えないが、きっとそこにいる黒猫の幽霊に心の中で謝り、海里は忸怩たる思いで作業を再開した。

思わぬチャンスは、昼食の後に訪れた。

店長が、「ほな、分別したもんを売りに行こうか」と言い出したのである。

海里はうっすらと罪悪感を感じつつも、掃除は自分が引き受けるから、荷物の積み卸しを手伝ってやればいいと親切ごかしに言って、李英を店長と共に行かせることにした。

荷台いっぱいに売れそうな品を詰め込んだ軽トラックを見送ると、海里はひとり、ガランとなった部屋に戻った。

室内には、テーブルや椅子、それに大型家電といった、軽トラックに載せられない、後日、業者が取りに来る家財道具だけが残されている。

「やれやれ、ようやく羽が伸ばせます」

そう言って早速姿を現したロイドに軽く驚きつつ、海里は部屋を見渡した。

「お前が伸ばしてんのは、どう見ても手足だろ。つか、今朝からタクトの姿は見てないけど、ここに一緒にいるんだよな？」

ロイドは、自信たっぷりに答える。

「ええ。おりますとも。ですが、夜でさえ、あれほど透けておりましたからね。死んでから、ずいぶん長い年月が経つのでしょう。昼間は姿を現す力がないのであろうと」

「なるほど。……で、どうだ？　なんか感じるか？」

ロイドは頷き、勉強机を指さした。

「わたしが、というより、タクトさんの気配を、あの机の前に感じます。何やら、まだあるようですよ」

「は？　嘘だろ。引き出しの中は、全部片付けたぞ」

顰（しか）めっ面になりつつも、海里は机に歩み寄った。もう一度、引き出しを上からすべて開けてみる。

「何もないけど……あれ」

他の人がいなくなり、室内が静かになったおかげだろうか。いちばん下の引き出しを閉めたとき、かさっと小さな音がしたのに気づき、海里は引き出しを抜き取ってみた。引き出しの奥を覗き込んだ彼は、「あっ」と小さな声を上げた。

「何かある。カードか何かかな」

手を突っ込んで引っ張り出したものは、一枚のポラロイド写真だった。かなり撮影してから時間が経っているのか、全体的に軽く色褪せている。

「何でこんなとこに……ああ、そうか。一番上の引き出し、ごっちゃごちゃに物が詰まってて、開けようとしたら引っかかって大変だったんだよ。無理矢理開けたとき、いちばん上にあったこいつが落ちたのかも」

「なるほど……。タクトさんが、何やらそれに反応しておられるご様子。何です？」

ロイドは不思議そうにそう言ったが、ポラロイド写真を見つめて、海里は深く嘆息した。

「ああ、これは」

「そりゃそうだろうよ。……ほら、見てみな」

写真をひと目見るなり、ロイドは痛ましそうに眉をひそめた。

ポラロイド特有の四角い空間には、六、七歳の男の子と黒猫が写っていた。仲良く椅子に座ってテーブルについた一人と一匹の前には、男の子用のおやつと、リボンのようなものが掛かった小さな箱があった。

「これ……ちっちゃかった頃の山崎さんと、タクトだよな。そんでこの箱、昨日、淡海先生がくれたオルガニートにそっくりだ。つか、このリボンみたいなのが、たぶん、これだな」

　海里は、ポケットから封筒を少し出して、ロイドに見せた。ロイドは、今にも泣き出しそうな顔で頷く。

「そうでございますね。それに、海里様……」

「うん」

　海里の目も、じんわりと潤み始めていた。写真の下にある大きな余白スペースには、封筒の文字と同じ筆跡でメッセージが書かれていた。

「ここにも……『ぼくとタクト、いつまでもいっしょ』ってか。そうだよな。小さい子供は、ずっと兄弟みたいに育ってきた猫が、自分より先に死ぬのが当たり前、なんてことは……知らないもんな」

「はい。ですから、お子様だった頃の山崎様は、タクトさんにずっと一緒にいてほしいとお望みになり、タクトさんは、そんな想いに応えて……」

「死んだあとも、ずっと一緒にいたわけか。たぶん、山崎さんには見えなかったんだろうけど、ずっと一緒に。約束を守って」

やや鼻声でそう言って、海里は少し苛ついたように室内に視線を巡らせた。

「なのに、なんで山崎さんはここにいねえんだ？　せっかくって言うのは変だけど、死んだからこそ、やっと再会がかなうってのに」

するとロイドは、悲しげに、けれど冷静に問いかけた。

「海里様。山崎様は、どちらでお亡くなりに？」

その質問に、海里はハッとした。

「そうか。出社途中に事故に遭ったんだよな。ニュースでは、即死って言ってた。ってことは……ここに帰り着けなかったのか？　だったら」

「あるいは……落命なさった場所近くを彷徨っておられるかもしれませんが、もう消えてしまわれた可能性も……」

「いや、それはねえ」

海里は、やけにきっぱりと言い切った。そして、怪訝そうな顔のロイドに、さらに強い口調で断言した。

「オルガニート本体は壊れちまったとしても、タクトのために『作曲』したカードも、一緒に写った写真も、捨てずに大事に持ってたんだ。タクトの姿は見えてなかったとしても、山崎さんの心の中には、ずーっとタクトがいたはずだ。そのタクトのことを忘れて、ひとりでとっととあの世に行くような薄情な奴じゃねえだろ、きっと」

「確かに！　確かに、そうでございますね。では、海里様」

涙目のままでパッと笑顔になったロイドに、海里は深く頷いてみせた。

「とにかく、仕事を片付けて、そっからだ。どうやったら山崎さんとタクトを再会させられるか、じっくり考えようぜ。……絶対に、ご主人様に会わせてやるからな、タクト」

見えない猫に向かって、海里は決意を込めて呼びかける。

そんな海里の想いに応えるように、彼の耳元で、微かな猫の鳴き声が聞こえた……。

その日の夜、アルバイトから帰った海里とロイドを、夏神は約束どおり夕食を用意して迎えた。

「なんや、里中君も連れてくるかと思うたのに」

少し拍子抜けしたようにそう言った夏神に、自室で部屋着に着替えて戻ってきた海里は、促されるまま、ロイドと並んでカウンター席に座ってから答えた。

「いや、今日はあいつ、夜に朗読のワークショップへ顔出すんだって。社会勉強も役者の修業も、滅茶苦茶頑張ってるみたいだ」

「へえ。あの子は努力家やな。さすがお前の弟分や」

「あいつは凄いけど、俺はまだまだだよ。ってわけで、夏神さん。俺たち、滅茶苦茶腹ぺこなんだけど」

「わたしなど、李英様の手前、人の姿になるわけにゆかず、昼食すらいただけなかったので飢え死に寸前でございますよ」

ロイドも、情けない顔で腹に手を当てる。

「眼鏡は食わんでも飢え死にはせんやろ。けどまあ、飯が旨いんは、人間でも眼鏡でもええこっちゃ。二人とも、お疲れやったな」

そう言いながら、夏神は二人の前に深皿を置いた。

中に入っているのは、いかにも夏神の大きな手でまとめた感じの、ぼってりしたロールキャベツだった。ベーコンや人参、しめじと共にトマト風味のスープで煮込まれ、盛大に湯気を立てている。

ふわりと香るのは、おそらくローレルとオレガノだ。

「ホンマはもうちょい夏っぽい料理を作るつもりやってんけどな。まだ夜はそこそこ涼しいし、煮込みを作るギリのタイミングやと思うて。店で出すときは飯に合うように和風で作るけど、今日はガチで洋風のロールキャベツや」

「旨そう！」

海里は歓声を上げた。ロイドも、手渡されたナイフとフォークを持ち、ニコニコして口を開く。

「このカウンターで、洋のカトラリーで夏神様のお料理をいただくというのは、なかなか珍しいことでございますねえ」

「言われてみれば、ホントだな。……じゃ、さっそくいただきます！」

「頂戴いたします」

「おう、今日は昔取った杵柄の洋食屋で決めてみたで」

楽しげに鼻歌を歌いながら、夏神はカウンター越しに次々と器を並べる。

「店で使うアスパラの根っこの固いとこ、皮だけ剝いて冷凍して溜めとったやろ。あれを使ったポタージュや。皮剝いてしもたから、色は今一つやけど、味はええで。もっと時間あったら、パセリか何かで色も整えるんやけどな」

「へえ。あれ、何するつもりなんだろって思ってたんだけど、立派に化けるもんだな」

感心する海里に、夏神はちょっと得意げにへへっと笑った。

「食いもん屋の厨房では、極力無駄を出さんようにせんとあかんからな。そんで、グリーンサラダ、アジのマリネ、ビゴで買うてきたバゲット」

「すっげー、完璧に洋食コース料理じゃん」

「ホンマは順番に出すもんやけど、面倒臭いからな。そこだけは定食屋スタイルや」

そう言って笑うと、夏神はカウンターの中から出て、自分もカウンター席に座った。

彼の前には、アジのマリネの皿しかないのに気づき、ロイドは心配そうな顔をする。

「夏神様は、召し上がらないのですか？」

「それがなあ、久々に作ったから、ちゃんと味見をせんならんと思うたら、旨すぎてうっかり本気食いしてしもてな。たいがい腹いっぱいやねん。どれも自信作やねんけど、どや？」

「たいそう美味しゅうございます。ロールキャベツの、キャベツの歯ごたえと中のお肉の詰め物の軟らかさの対比が何とも。スープはベーコンのスモーク風味が生きておりますなあ」

　もぐもぐと子供のように口いっぱいに頰張ったまま、不明瞭な口調で答えるロイドに、夏神は面白そうに笑った。

「おいおい、いつの間に、そないに食レポが上手うなったんや。グルメ番組の見過ぎと違うか。お前は、イガ？」

　海里も、夏神の本気の洋食に舌鼓を打ちながら、素直に答える。

「すんげえ旨い。夏神さん、アスパラは根っこだけ使ったかもしれないけど、ベースのスープストック、自分でちゃんと取ったんじゃね？　ただ事じゃなく旨いんだけど」

　すると夏神は、ちょっと意外そうに眉を上げた。

「お、これまでいっぺんも食わしてへんのに、ようわかったな」

「後味が、妙にいいんだよ。こういうの、豊かって言えばいいの？　肉っぽい風味もあるし、野菜の嫌じゃない癖も感じるし」

「へえ。お前の舌も、まんざらやないなあ。せや。マリネやらロールキャベツやらを作るときに出た野菜のヘタと皮を使うて、あんまし時間がないから、今日は鳥の挽肉で即席コンソメを引いたんや」

「それでか！　俺、どっちかっていうと生のセロリは苦手なんだけど、ポタージュにセロリの香りがするのは、嫌じゃないな。あと、ロールキャベツのスープにもクタクタに煮込まれて入ってんのが、意外と旨い」

改めてポタージュをじっくり味わい、海里はうーんと唸る。

「俺、夏神さんに、いつか洋食も教わりたいな」

「ま、それはそのうち、な」

欲張りな弟子を軽くいなして、夏神は旨そうに食事をする海里とロイドの顔を順番に見てから問いを発した。

「で？　やっと柔らかい顔になったな。帰ってきたときは、えらい難しい顔しよったから、バイト先で、あんましええことなかったん違うかと思うてたんやけど、そうでもないみたいやな。その……黒猫の件、どないなった？」

どうやら夏神は、海里とロイドを気遣って、すぐにでもぶつけたかった質問を、しばらく我慢してくれていたらしい。

そんな師匠の気遣いに感謝しつつ、海里とロイドは、マンションであったことを夏神に語った。そして、迷いはしたがどうせ捨てられるものならと思いきって持ち帰ってきたポラロイド写真を夏神にも見せた。

「……そうやったんか。ほな、今も、黒猫はお前らと一緒に戻ってきてんな？」

「うん、そう。また引き戸の前に座ってる」

夏神の質問に、海里は即座に透けた黒猫のいる場所を指さした。ロイドも少し心配そうに黒猫の幽霊を見る。

「やはり、早くご主人様に会いたいという意思表示でしょうかね」

「かもしれへんな。俺には見えんけど」

　短く言葉を切って、夏神は嘆息した。

「そうか。飼い主が子供の頃に、『ずっと一緒におってくれ』て言うたから、その黒猫は、ずっと傍におったんやな」

「まあ、山崎さん本人はたぶん気付いてなかっただろうし、猫のほうも、ただ傍にいただけっていうか、特に守護するとかそんなことじゃなかったのかもしれないけど」

　サラダを食べながら、何の気なしにそう言った海里は、夏神の大きな目から突然涙が零れたのを見て、狼狽して箸を落とした。

「な、何？　どしたの、夏神さん!?」

「……あ？」

　自分が泣いていたことに気付かなかったらしい。夏神は、海里とロイドが慌てているのを見て、不思議そうに自分の頬に触れ、「うお!?」と驚きの声を上げた。

「ちょ、マジで何だよ。無意識の涙？」

　思わず椅子から立ち上がった海里は、夏神の顔を覗き込む。Tシャツの肩口に顔を擦りつけて涙を拭い、夏神は照れ隠しのように笑った。

「すまん。知らん間に、涙が出とった」

「何、そんなになにタクトの話に感動した？　確かに、俺も若干、涙目になったけど」

「いいえ、海里様は、きちんと泣いておいででしたよ？」

「うるせえ黙れ」

余計な情報を提供しようとするロイドを軽く脅し、海里はなおも心配そうに夏神の肩に手を置いた。

「だいじょぶ?」

夏神は、充血した目を細めて笑う。

「心配ない。ただ……つい、自分のことをな」

「自分の? あ……もしかして」

「せや。雪山で死んだ彼女も、よう言うとった。ずっと一緒におれたらええねって。それを、つい思い出してしもたんや。もしかして……俺が知らんだけで、あいつもずっと傍におってくれたりせえへんかなて。せやけど、お前らに見えんっちゅうことは、おらんのやもんなあ。アホな想像したわ」

「夏神さん……」

確かに見えない、と請け合うのも申し訳ない気がして、海里は絶句する。

「アホ。気ぃ遣わんでええ。そもそも、俺は彼女を助けてやれんかったんや。ガッカリして見限りこそすれ、一緒におってくれる理由はあれへんわな」

「んなことないよ! 夏神さんが、彼女を助けたくて一生懸命だったこと、話を聞いただけの俺にだってわかる。彼女だって……きっと、わかってるよ」

「ほな、なんで……」

思わず力説する海里に反射的に言い返しかけた夏神は、ハッとして自分の手のひらで口を押さえた。

なんで、黒猫みたいに、一緒におってくれへんのやろか。

たとえ声は呑み込まれてしまっても、夏神の目を見れば、彼の胸中は手に取るようにわかる。海里は、何か言おうとしてどうしても正しい言葉を見つけることができず、かといって無言を通すこともできず、「ごめん」と一言詫びた。

その一言で、夏神のギョロ目が再び潤み始める。

「なんでお前が謝るねん。とことん優しいやっちゃな。……大丈夫、今のんは、ガキみたいな駄々をこねとうなっただけや。ホンマはわかっとる。幽霊の姿で傍におってくれんでも、彼女の思い出はいっつもここにあるて。それで十分や」

そう言って分厚い胸板を叩いた夏神は、立ち上がって、海里の頭をグシャグシャと荒っぽく撫でた。それから、半べその海里と、これまた何も言えずにおろおろと見守るばかりのロイドを見て、しみじみと言った。

「それに、今はお前らが生きてここにおってくれるんやから、俺は幸せもんや」

「……俺たちじゃ、とても彼女さんの代わりにはなんないだろ」

「代わりやない。別もんや。お前らは、日陰に向こうとする俺を、寄って集って日向に引っ張り出してくれる、お節介でやかましい奴らや。せやから……その、何や。こないだはちょっと血迷うたけど、別に記念の品も思い出も、躍起になって手に入れんでも、お前らみたいな奴らが俺の頭から消えることはあれへんわ」

「……はい？」

実にさりげなく告げられた夏神の言葉の意味がわからず、ロイドは目をパチパチさせて首を傾げる。

だが海里はギョッとして、乱れた髪を直そうと頭に触れたままの姿勢で固まる。まさかこのタイミングで、夏神が、京都旅行のときの小さな口論を再び蒸し返すとは予想だにしなかったのだ。

夏神は、海里にだけわかる目配せをして、ニヤッと笑った。

「今、黒猫の話を聞いて、何となく思ったんや。たとえ相手が草でも犬でも猫でも人でも、出会うてしもたら、必ず別れの日は来る。せやけどそれは、相手が見えんようになるだけ、触れんようになるだけや」

「……ん」

海里は、夏神の言わんとすることが理解しきれず、曖昧に相づちを打つ。夏神は、さっき黒猫がいると言われた辺りを見やり、穏やかな声音で言葉を継いだ。

「たとえそうなっても、お互いの心を繋ぐ糸が切れるわけやないねんな。その糸がくいくい引っ張られて、痛うてたまらん日もあるけど、その痛みは、今も確かにそいつの心と繋がってるっちゅう証やて気がする。俺の大事な人らが、お前しっかりせえよて、糸を引いて叱ってくれてるんやって」

「ちょ……待って待って待って！」

いきなり片手で顔を覆った海里に、もう一方の手を闇雲に振り回されて、夏神は驚いて軽くのけぞる。

「なんや、俺、変なこと言うたか？」

「じゃ、なくて！　ヤバいから」

「あ？」

「不意打ちでそういうこと言われると、俺、号泣しそうだからやめて」

そう訴える声が、すでに湿り気を帯びている。

「号泣なされればよろしいのに」

本気で怪訝そうにそう言うロイドに「うるせえ」と言い返し、海里はさりげなく手の甲で目元をゴシゴシと擦ってから、深呼吸して顔を上げた。

「とにかく！　夏神さんがポジティブになれたのはいいとして、問題はタクトだっつの。何とかして、山崎さんの魂と会わせてやりたいんだよ。あいつは、気付かれなくても、約束を守ってずっと山崎さんの傍にいたんだ。ちゃんと報われてほしい」

夏神も、気を取り直した様子で同意する。

「それは勿論やな。淡海先生も、そう望んではった。せやけど、どうしたらええんやろうか」

海里はロイドと顔を見合わせ、外を指さした。

「前にニュースで見ただろ、山崎さんが命を落とした事故現場の映像」

夏神は、天井を仰いで記憶を辿り、頷いた。

「おう。もしかして……まだそこに幽霊でいてはる感じか？」

「たぶん、わけがわからないうちに命を落として、途方に暮れてそのあたりを彷徨ってるんじゃないかって、ロイドが」

「ほんなら、オルガニートのカードを……つまり、タクトをそこに連れていったら、会えるん違うんか？」

「深夜なら、可能性はあるかも。ただ、タクトはずいぶん長い間、この世で粘ってたから、気配がだいぶ弱ってる。彷徨ってる山崎さんの魂を呼び寄せるには、もうちょっと何か必要かなって。その一つは、『タクトのテーマ』だと思うんだけど、もう一つくらい、駄目押しで何かないかなって話しながら、帰ってきたんだ」

「何か、亡くなった方のお心に深く刻まれた思い出の品を持参すれば、迷える魂を呼び寄せる、よすがになると思うのです」

ロイドも、そっと言葉を添える。

「ふうむ……」

「ほら、何しろ事件現場って、幹線道路沿いだろ。深夜にあんまり何度もフラフラしてたら、絶対通報される流れだもん。俺たちの、いや主に俺の人生のためにも、一発で決めたいところがあってさ……」

「なるほどな。俺としても、弟子が不審者としてしょっ引かれるんは不本意やなあ」

「だろ？　何かいいアイデアないかな」

「そう言われてもな……ん？」

困惑して視線を彷徨わせた夏神は、ふと、テーブルの上に置きっ放しになっていたポラロイド写真に目を留めた。

「んんん」

写真に近づき、唸りながら子供と黒猫を凝視する。海里とロイドも、両側から夏神を挟むように立ち、写真を見下ろした。

「なあ、これ……この写真を、亡くなった山崎って人は、よう見とったんやろ？」

「うん。机の引き出しに入ってたから、きっと」

「ほんで、お前らが必要としとんのは、死人の記憶に深く刻まれた思い出を、呼び覚ますようなアイテムっちゅうことか」

「さようでございます」

ロイドは深く頷いたが、海里は困り顔で言った。

「けどさ、知り合いでも何でもない人の、しかも子供時代、しかも飼ってた猫との思い出なんて、どうやって知るんだって話だよ」

「ふむ」

なおもしばらくポラロイド写真を眺めて考え込んでいた夏神は、納得した様子で一つ頷くと、こう言った。

「上手いことといくかどうかわからんけど、俺に案がある」

それを聞いて、海里はたちまち目を輝かせた。

「マジで！　何、何をどうすんの⁉」

「是非、妙案をお聞かせくださいませ」

ロイドも夏神に詰め寄る。

夏神は肩を竦め、「ホンマにうまいことといくかどうかはわからへんのやで？」と念を押してから、太い指で鼻の下を擦った。

「ちょー、色々調べ物やら買い物やらで時間がかかる。せやけど何とかするから、お前らは深夜に事故現場に行く準備だけしとってくれるか」

意外と秘密主義の夏神にやや不満げな顔をしつつも、海里とロイドは顔を見合わせ、同時に頷いたのだった。


そして、午前一時過ぎ。

茶の間で座布団を枕に寝ころび、軽いいびきさえ立ててうたた寝していた夏神は、おもむろに起き上がった。そして携帯電話で時刻を確かめ、「そろそろ支度しよか」と腰を上げ、厨房に下りていく。

夏神がいったい何をするつもりかとヤキモキしながら待っていた海里とロイドは、途端に活気づき、金魚の糞よろしくぞろぞろと続いた。

「手伝う！」

「わたしも、助太刀致しますよ！」

口々に言う二人に、店に出るときのように頭にバンダナを巻き付けながら、夏神は言った。

「そない大層な作業はないんやけど……まあええわ、ほな、薄力粉百五十グラムとベーキングパウダー小さじ一、あと砂糖大さじ三を量って、水切りに使うザルでええから篩ってくれや。目ぇが粗いから、二回くらいな」

「オッケー。ロイド、ボウル二個出して。中くらいの奴」

「かしこまりましたっ」

海里は戸棚から小麦粉の袋を出し、ロイドはステンレスのボウルを出して調理台に並べる。

夏神は、そんな息のあった主従の動きを楽しげに見ながら、揚げ物用の鍋に新しい米油を張った。

「夏神さん、これ、全部合わせて篩っちゃっていいの？」

「おう。ざっくりやってくれ。そない凝ったもんを作るわけやない。洋食屋で働いとった頃、いっぺんだけ師匠が作ってくれたおやつのレシピを掘ってきた」

躊躇なく答えながら、夏神は次に飲み口が薄いガラスのコップを一つ出した。それから少し考えて、さっき飲んだミネラルウォーターのキャップを外して水洗いする。

そうこうしているうちに、粉を合わせて篩い終えた海里が、夏神に声をかけた。

「粉の用意、できた。次は？」

「卵一個と、牛乳を出してくれ」

「はいっ」

海里ではなく、ロイドが冷蔵庫へと飛んでいく。

「篩った粉の山のてっぺんを噴火口みたいにへこまして、そこに溶き卵と、牛乳を……せやな、とりあえず大さじ一入れてみよか。ほんで、手やのうて、まずは菜箸二本でぐるぐるぐるーっと」

言われるがままに、海里は菜箸を取る。

「こうでございますかね？」

ロイドは小さな容器に割り入れて丹念に溶きほぐした卵を、海里が作った粉の凹みに注ぐ。溶岩のように溜まった黄色い卵の上から、さらに牛乳を計量スプーンで一杯、量り入れた。

「せやせや。箸を卵と牛乳の溜まりにブッ刺して、そこから渦を巻くように……こう、卵と牛乳がボウルの縁にくっつかんように、上手いこと粉に絡ませていくんや」

夏神の指示どおり、海里が箸でグルグルと混ぜると、液体に触れた部分の粉だけが、黄色いペースト、あるいはもろもろした粒になって、箸にまとわりつく。

「こんな感じかな、夏神さん」

「ゆっくり混ぜたらええ。粉が水を含んでいくのがわかるやろ？」

「あー、なるほどね」

海里はゆっくりと箸を動かす。生地の様子を見ていた夏神は、「もう一杯だけ」と簡潔に指示した。すぐにロイドがもう一さじ、牛乳を生地に垂らす。

粉の大部分が粒状になった時点で、夏神は新たな指示を出した。

「箸はもうええ、あとは手でまとめていってくれ」

海里は箸にくっついた生地をこそげ取ってボウルに落としてから、右手でおっかなびっくり生地に触れた。たちまち、生地のベタベタした部分が指にこびりつく。

「うわ、まだ、ねとねと部分と粉んとこが分かれてんな。これ、握って混ぜちゃっていいの？」

「いや、指やのうて、手のひらでこう、全体を大きゅうまとめて、そこにボウルの底にまだ残っとる粉を押しつけて仲間にする感じや」

「……押しつけて、仲間にする？　こんな感じ？」

「おう。押しつけて、手で馴染ませて、引っ繰り返してまた押しつける。あんまし捏ねすぎたら、グルテンで固うなるから気ぃつけや」

夏神は自分の手のひらを緩く握り、要領を伝えようとする。

「……難しいこと言うなあ。なあ、これ、もしかしなくてもお菓子の生地だろ？」

「せや」

この店で働くようになって、料理の腕はかなり上がった海里だが、お菓子はまだまだ経験不足だ。いつものように的確に夏神が示すイメージを捉えることができず、ずいぶんとぎこちない手つきで生地を扱う。

「むむ……捏ねすぎんなって言われると難しいけど、こんな感じ？」

「まあ、悪うはないわな。過不足ないよう、あんじょうやってくれや」

「出た、関西風あいまい表現」

それでも触れているうち、最初は塊になってはいても表面のキメが不均一でボソボソしていた生地が、次第に全体が均一に水を含み、しっとり一つにまとまってくるのが皮膚でも目でも感じられる。

「おお、滑らかになってきましたよ。おそらくお上手です、海里様」

海里の傍らで後ろ手に立ち、ボウルの中身を覗き込んで、ロイドは感嘆の声を上げる。

「中途半端に褒めんな」と怒りつつも、海里もようやく安堵の表情になった。

夏神はちょうどいいタイミングで、調理台に大きなまな板を置き、大きな手で打ち粉をした。海里はそこにボウルから生地を取り出して置く。

「次はどうすんの？　俺の予想では、こいつを伸ばしてクッキーか何か作る流れだけど、だったら麺棒の出番かな」

すると夏神は、ニヤッと笑って、自分の右手で「パー」をしてみせた。

「いんや。そないなもんはないし、手で十分や。一センチ弱くらいの厚みにしてくれ」

「手で？　すっげえ原始的。それに、やけに分厚くね？」

「それでええねん。家で作るおやつは、適当でええ」

「ふうん。……やるか？」

あからさまにワクワクした顔で周囲をウロウロし始めたロイドに、ここからはそう難しい作業ではなかろうと、海里は一歩脇にどいてやる。

「よろしいのでございますか！」

そう言うより早く、シャツを腕まくりして手を洗い始めたロイドは、さっそく両の手のひらで生地をのばし始めた。

「お前、生地が大した量じゃねえから、片手でよかったのに……ま、いいけど」

海里が、すかさず脇から、手に生地がくっつかないように打ち粉をしてやる。夏神も、子供の粘土遊びのようなロイドの手つきを面白そうに見やった。

「そうか、ロイドの手ぇには体温があれへんから、生地を弄るにはええかもしれんな。温い手ぇで弄りまわると、生地がダレたり乾いたりするもんやから」

「ということは、これはわたしの天職かもしれないわけでございますね！」

喜色満面で、ロイドは両の手のひらを使い、生地をぺたぺたと伸ばしていく。

「天職かどうかはわかれへんけど、上手い上手い。その調子や」

「はい、ようやくわたしの才能が開花した気が致します！」

「……眼鏡の才能って、こっち方面にも花開くのかよ。ほら、いっぺん生地を裏返せ。あんま叩きすぎたら、生地がまな板にくっつくだろ」

はしゃぐロイドに引きずられるように、海里もいつしか笑顔になって、作業をサポートする。

ほどなく生地は、夏神の指示どおりの薄さに整えられた。厚みこそ均一だが、全体の形は楕円と四角の間を取ったような不格好な有様だ。

しかしそんなことはお構いなしに、夏神はさっき棚から出したガラスのコップを生地の傍らに置いた。その横に、ペットボトルのキャップと、コップがどうにか入る大きさの鉢を並べ、その中に小麦粉を少し入れる。

「ほな、型抜こか」

「型？」

小首を傾げて生地とコップとペットボトルのキャップを見比べた海里は、ポンと手を打った。

「ドーナツ！」

夏神は、ニヤッと笑って頷いた。

「せや。……ほら、見てみ」

彼は、ここに来るときに持ってきた、くだんのポラロイド写真を二人に示した。

「死んだ山崎っちゅう人は、この写真をずっと大事に持っとったんやろ。折に触れて、見たはずや。黒猫と自分が幸せに暮らしとった頃の光景を」

　夏神の太い指が、写真の表面をなぞる。

「子供の頃の自分と、黒猫。ほんで、オルガニートと、お母さんが作ってくれたんやろな、ドーナツ。そうなれば、お前らが持っていくべきもんは、ドーナツやろ」

　ロイドは、不思議そうに夏神を見た。

「何故、手作りだとおわかりになったのです？　買ってきたものやも」

「買ってきたもんじゃ、こうはならねえよ。ほら、輪っかのドーナツの間に、丸くてちっちゃいドーナツがあるだろ」

　夏神の代わりに指摘する海里に、ロイドは写真を凝視して、ふむふむと頷いた。

「確かに！　その丸いものが、手作りの証でございますか？」

「せや。見とき」

　そう言うと、夏神はコップの縁に小麦粉をまぶし、ロイドが伸ばした生地の端っこにグイッと押し当てた。

　その後、丸く切り取られた生地の中央に、今度はやはり小麦粉を纏わせたペットボトルの蓋を伏せてギュッと圧す。たちまち、小振りだがお馴染みの形のドーナツが完成する
「おお！　なるほど、輪っかと、丸の生地が出来ました！　これが手作りの証というわけでございますか。どれ、わたしも……」

いそいそと型抜きを試そうとするロイドにコップを渡してやり、夏神は油の鍋を火にかけた。

「写真のドーナツを見たら、表面がざくっと割れとるやろ。こういう型抜きして作る、固い生地のドーナツの特徴なんや」

「なるほど……」

「きっとこれは、お母さん手作りの揚げたてドーナツや。ロイド、バシバシ型を抜け。切れっ端が出来るだけ出んようにな」

「は、はいっ」

新しい玩具を与えられた子供のように、ロイドは怖々コップとペットボトルのキャップでドーナツ型を抜いていく。

油に浸けた菜箸から、一瞬置いて細かい気泡が立ち上がる、ちょうど百八十度くらいの温度になったところで、夏神はロイドが型抜きしたドーナツを、どんどん油に放り込んだ。

片面に揚げ色がついたところでひっくり返し、両面がきつね色になるまで揚げる。

「プロは菜箸で穴を広げながら揚げるねんけど、家庭でそんな面倒くさいことはせえへんからな。……ほら、揚がってきた」

夏神は楽しげに、キッチンペーパーを敷いた皿の上にドーナツを並べていく。ドーナツは少しも油っぽくならず、表面がカリッとした状態で仕上がっていた。

まさに、ポラロイド写真に写っていたドーナツにそっくりだ。

ドーナツ型も真ん中の穴の形のものも、すべてが揚がったところで、夏神は大きな手にグラニュー糖を取り、パラパラと軽く振りかけた。

「あっ、確かに、写真の中のドーナツは、砂糖びっしりじゃないみたいだ」

「生地に砂糖が入っとるからな。それに砂糖びっしりのドーナツを小さい子に渡したら、自分もテーブルも猫も床も砂糖だらけにしよるやろ。お母さんはたぶん、全然かけへんか、せいぜいこのくらいにしたと思うで」

そこまで小さなポラロイドの画面から読み取ったのかと、海里は夏神の観察眼に舌を巻いた。

料理人とは、食べる人のことをとことん考えて作らねばならないとは肝に銘じていたが、たとえ幽霊のための料理であっても、夏神はそこまで考えていたのだ。

思わず尊敬と憧れの眼差しで師匠を見る海里に、夏神は照れた様子で皿を押しつけた。

「ほら、揚げたてで持っていかんと意味あれへんやろ。はよ行ってこい。俺はここで、成功を祈っとる。頑張れや、二人とも」

頼もしい笑顔で励ましてくれる夏神に、海里は両手でドーナツの皿を受け取り、「ありがとう！」と、深々と頭を下げた。


幹線道路といえども、深夜になると交通量は減ってくる。

夏神のスクーターを借り、ドーナツの入ったリュックを背負い、眼鏡になったロイドをシャツの胸ポケットに差した海里は、空いた国道二号線を快調に走り、芦屋市の隣の西宮市に入った。

「現場は、市役所の近くだったよな。確かお寺の角を曲がった、やたらでっかい木が見えるあたり……」

『楠でございましたよね』

ポケットの中から、ロイドが情報を補足する。そうだっけ、と気のない返事をして、海里は少しスピードを落として辺りの景色をチェックした。

なるほど、前方の対向車線側、道路から少し南に入ったところに、黒々と大木のシルエットが見えてくる。

ちょうどそこでガードレールが切れていたので、海里は道路を右折して、スクーターを停めた。

ヘルメットを外して周囲を見回した彼は、そうだここだ、と呟いた。

暴走した自動車が国道を外れて飛び込んだのが、この楠の大木がある禅寺沿いの脇道だった。寺の名前と、石垣の上にある白い塗り壁に見覚えがある。

脇道沿いにある寺門の石造りの階段が、夜目にも明らかに欠けているのは、おそらく自動車がぶつかったせいだろう。

何げなく通りの反対側を見た海里は、思わず「わあ」と声を漏らした。ニュースではそちら側の建物はあまり映っておらず、駐車場しか見えなかったのだが、そこは大きな病院だった。

　つまりタクトの飼い主である山崎敦は、病院の真ん前で、車に撥ねられて命を落としたということになる。

「即死でさえなきゃ、救命してもらえそうなシチュエーションだったのになあ」

　そう呟きながら、海里は石垣ギリギリにスクーターを寄せ、寺門の石段に腰を下ろした。

　国道沿いには街灯があり、歩道が明るく照らされているが、脇道に入ると、かなり暗い。人通りも今のところは皆無だ。病院の駐車場も、ガラガラである。

　とはいえ、隣が病院となると、救急車の出入りもあるだろうし、あまり長居しては、人目についてしまうに違いない。

　背後を振り返れば、寺の立派な木製の扉は、固く閉ざされている。階段は石垣より内側に引っ込んで設えてあるので、階段に座れば、ひとまずは表通りからの視線は遮れそうだ。

「ここがまだ、いちばんマシだな」

　小声でそう囁くと、たちまち人間の姿になったロイドが、海里の隣に現れ、微妙な距離を空けて石段に腰を下ろした。

「焦らず、急いで、確実に……でございますね」

「だな。最後の確実に、はちょっと自信ないけど」

そう言いながら、海里は背中のリュックサックを下ろし、慎重に、ドーナツの皿を取り出し、覆いのキッチンペーパーを取り除けた。

大急ぎで来たので、ドーナツはまだほんのり温かい。きっと、山崎氏の母親がおやつに出してくれたのも、こんな状態のドーナツだったことだろう。

「ドーナツ、よし。それから……」

ドーナツの皿をロイドとの間に置き、海里は、その脇にそっと幼い山崎氏と黒猫タクトが映ったポラロイド写真を置いた。

なーん……。

オルガニート用のカードが入った封筒を取り出すなり、海里の足元に、闇に半分溶けたような黒猫タクトの姿が現れる。

まるで、海里の気持ちに感謝するように、タクトは、海里の脛に小さな頭を擦りつけた。それから、彼の足元にちょこんと座り、あとはゆったりと長い尻尾を振っている。

「わかってる。俺たちも手伝うけどさ。主役はお前だぞ。お前の飼い主は、このあたりで命を落としたんだ。俺たちには探しようがないから、山崎さんに俺たち……いや、お前を見つけて貰わなきゃいけない。わかるな？」

おん。

ほとんど口を開けず、タクトは小さな声で答える。

「何だよ、わかってるウゼエってか。生意気だなあ」

苦笑いしながらも、海里はリュックサックから小さな木箱を取り出した。淡海に託されたオルガニートだ。

蓋を開け、マスキングテープで繋げた『タクトのテーマ』のカードをオルガニートにセットすると、海里はそっと蓋を閉め、ロイドの顔を見た。

「お前がやるか？」

ロイドは穏やかに微笑して頷く。

「そうでございますね。わたしのほうが、海里様より慣れておりますから」

そう言ってオルガニートを受け取り、膝の上に置くと、ロイドはタクトに声を掛けた。

「今から、あなたと飼い主様の思い出の曲を流します。どうか、一緒に飼い主様を呼んで差し上げてください。あなたの声が、何よりのかすがいでありましょうから」

さすがに猫は頷きはしないが、座ったまま、背筋をピンと伸ばし、ロイドの手元を注視している。やはり、言葉が完璧にわかっているようだ。

「では、参ります」

ロイドが小さなハンドドルをキコキコと回し始めるのを見て、海里はゴクリと唾を飲んだ。背中に、嫌な汗が滲んでいるのがわかる。

幽霊猫の鳴き声は、ほとんどの人の耳には聞こえないだろう。だが、オルゴールはリアルに存在しているので、その音は聞こえ放題だ。あまり長々と演奏していては、必ず誰かに見つかってしまう。

(頼むぜ、近くにいてくれよ、山崎さん……)

いつしか握り締めた両の拳にいっそう力を込めて、海里はドキドキしながら待った。

やがて、カードがゆっくりと箱の中に引き込まれ、澄んだ音が聞こえ始めた。

昨夜と同じメロディーだが、昨夜、店で聞いたのよりうんと音が響いている気がして、海里の心拍はさらに跳ね上がる。

だが、心が昂ぶるのは海里だけではないらしく、昨夜は曲が終わるまでじっと聞いていたタクトが、夜空に向かって、まるでオオカミの遠吠えのような声を出し始めた。

助けを求めるような、遠くへ行った人の名を呼ぶような、荒々しいが、切ない鳴き声が、オルゴールの調べに交じる。

(呼んでる……。こんなに必死に。こいつは死んでからいったい何年、飼い主の傍で待ち続けてたんだろう。気付いてもらえようともらえまいと、ただ約束を守り続けることだけ考えていたんだろうか。それでも、会いたかったんだよな。気付いてほしかったんだよな。今のお前の声を聞けば、わかるよ)

背中を屈め、一生懸命にハンドルを回し続けるロイドは、曲が終わったらすぐにカードをセットし直して、またハンドルに手を掛ける。

(……くそ、どこにいるんだよ、飼い主! 来い……ッ!)

思わず念じたそのとき、脇道の向こう側から近づいてくる人影が見えた。こんな時間帯にも、外を出歩く人間がいるようだ。

海里の心臓が、ギュッと縮こまる。

「やば……っ！　ロイド、いったん中止。なんか、誤魔化さなきゃヤバい」

だがロイドは、何を言っているのかと言いたげなキョトンとした顔つきで、海里を見る。無論、手を止める素振りもない。

「お前、こんな時刻にドーナツ囲んでオルゴール演奏会とか、言い訳のしようがないだろ！　早くやめろって。せめて話し込んでる素振りとかしないと！」

海里は早口で囁いたが、そこでようやく、ご主人様が焦っている理由に気付いたのだろう。手を止め、近づいてくる人影を見たロイドは、にっこりした。

「やりましたね」

「は？　えっ？　あっ、もしかして……」

「はい。まだ亡くなって日が浅いので、ずいぶんはっきり見えておいでですが、あれはこの世の者ではありません」

「ゆう……れい？　山崎さんの？　それとも、誰か他の……」

呆然とする海里に、ロイドは「さて」と微笑んだ。

「通りすがりのどなたかにしては、ずいぶん真っ直ぐとこちらへいらっしゃいますねえ」

そんなロイドの言葉どおり、人影は、ゆっくりと、しかし着実に海里たちのほうへ向かって歩いてくる。遠くの街灯が、残業が恐ろしく長引いたサラリーマンにしか見えない、スーツを着た若い男性の姿を映し出す。

だが、少し落ち着きを取り戻した海里は、その男性の影が地面にまったく映っていないことに気付いていた。

(あれは、確かに幽霊なんだな)

にゃーおぅ。

さっきまでの絶叫ではなく、甘えるような鳴き声が、海里の鼓膜をくすぐる。

柔らかな高い声で、猫は幾度も鳴いた。それに誘われるように、ついに幽霊の男性は、石段の前に立った。海里は立ち上がることも忘れ、男の姿を凝視している。

濃い色のスーツを着た男性は、ぼんやりした顔で海里とロイドの顔を見比べ、それから、甘え鳴きをしながら、自分の足元にまとわりつく半ば透けた黒猫をじっと見下ろした。

『ねこ……』

その唇が微かに動き、小さな声が漏れる。耳で聞くのではなく、心に聞こえる死者の声だ。

海里は、低い声で囁いた。

「山崎さん?」

男は少し驚いたような顔で、海里を見る。海里は、ロイドの膝からオルガニートを取り、男に差し出した。

「あんたの猫っすよ。あんたがずっと一緒にいろって言ったから、ホントにずっと傍にいた、あんたの猫です。忘れたって言ったら、幽霊でも、さすがにぶっ飛ばす」

緊張のあまり、何故かけんか腰になってしまった海里を訝しげに見た男は、やがてそっと手を出し、海里からオルガニートとカードを受け取った。

一瞬だけ触れた男の指先は、震えるほど冷たかった。

『たくと』

なーん！

男の口から漏れたその名に、猫は歓喜の声を上げる。

『お前、タクトなんか』

男の手が、カードが挟まったままのオルガニートのハンドルに触れた。ゆっくりハンドルを回すと、澄んだ音が、ぽろぽろと零れ落ちる。

ああ、と、男は深い溜め息をついた。

『お前が死んでもうて、オルゴールも壊れて、全部なくなったと思っとった』

猫は今度は不満げに、男の顔を見上げて一声鳴いた。長い尻尾は、針金のようにピンと立っている。

『……そうや。これは、お前が大好きって気持ちを楽譜にした奴や。また、聴けた。お前にも、また、会えた』

男はオルガニートを持ったまま、そっと猫を抱き上げた。透けた猫は、それでも男の腕にスルリと柔らかく収まる。

ロイドは、そっと立ち上がり、男に場所を譲った。自分は、石段の前にじっと佇む。

猫を抱いて石段に腰掛けた男は、海里をじっと見た。当初のぼんやりした表情は消え、海里の目の前にいるのは、まだ確かな意思を持っているのに肉体を失ってしまった、一人の若者だった。

『俺は……死んでるんやんな？』

静かに問いかけられて、海里は息が詰まるような思いで、ただ頷いた。

すると男は、腕の中でゴロゴロと喉を鳴らす猫を見つめ、皿の上のドーナツを眺め、オルガニートをポラロイド写真の横にそっと置いて、小さく笑った。

『おかしいな。猫が死んだとき、二度と会えへんと思った。オルゴールが壊れたとき、二度とあの曲は聴けへんと思った。母親が死んだ後、この写真を見て、ああ、このドーナツも二度と食べられへんのやなって、泣いた。全部、凄い寂しかった』

「……うん」

海里は、小さく頷く。

『それやのに、今、全部ある。オルゴールと、お母さんのドーナツと、タクトや。なくなったと思ってたもんが、全部帰ってきた。俺の身体はなくなったのに、おかしいなあ。急に、寂しくなくなった』

海里は、ただ黙ってもう一度頷いた。

胸がいっぱいで、どう言葉を返してやればいいのか、皆目わからなかったのだ。

そんな海里に、男は笑って頭を下げた。

『呼んでくれてありがとう。タクトを連れてきてくれて、ありがとう』

「ど……どういたしし、まして。つか、呼んだのは俺じゃなくて、そいつだし」

海里はぶっきらぼうに言って、目を細めて男の腕に鼻面を擦りつけている黒猫を指さした。だが男は、微笑んでかぶりを振った。

『タクトの声、もう覚えてへんかった。けど……タクトのために作った曲は、覚えてた。よう、タクトと一緒に聴いた。うるさいねえって笑いながら、お母さんがドーナツを揚げてくれて、いつもいい匂いがした。同じ音と、同じ匂いやった』

「……ちょっとは、あんたを呼ぶ役に立ったんだ？」

『うん。一つ、貰ってええかな』

それがドーナツのことだと気付いて、海里は皿を男のほうに差し出す。

「いくつでも」

『いつも、輪っかのほうより、この穴のほうが好きやってん』

そう言って笑みを深くした男は、小さな球形のドーナツを取ると、口に放り込んだ。

もぐもぐと口を動かし、意外そうに首を傾げる。

『子供の頃は、もっと口いっぱいやと思っててんけど。……けど、この味や。ようお前もほしがったな、タクト』

そのとおりだと言いたげに、黒猫は愛する飼い主の唇の横を小さな舌でザラリと舐め上げる。

痛い、と笑って、男は片手を伸ばし、ポラロイド写真を取り上げた。それをつくづくと眺めてから、オルガニートに視線を落とす。

『それは俺のと違うけど……一緒に持っていってもええかな』

海里は一瞬も躊躇うことなく、カードごと、オルガニートを男に差し出した。

「いいよ。俺も知り合いから貰ったんだけど、その知り合いがさ、あんたと猫をすんげえ会わせたがってた。一緒に持ってったって言ったら、きっと死ぬ程喜ぶ」

何故、赤の他人がそれほどまでに気に掛けてくれているのか訝しかったのだろう、男はほんの少し首を傾げたが、黙ってオルガニートを受け取り、猫と共にしっかりと胸に抱いた。

『急に身体がなくなって、誰にも姿が見えんようになって、もしかして、俺死んだんか……って思ってから、ずっと怖かった。怖くて怖くて、どうしてええんかわからんかった。寺に入っても、どうもならんかったし』

死の恐怖が甦ったのか、男は身を震わせた。しかしすぐに、笑みを浮かべて海里にこう言った。

『けど、なくしたもんが戻ってきたから、もう怖ぁない。怖ぁないわ……』

黒い猫をギュッと抱き締め、男は深い深い息を吐いた。

それと同時に、生きている人と見紛うばかりにはっきりしていた男の姿が、少しずつ薄らぎ、足のほうからホログラムが消えるように見えなくなっていく。

「あ……」

瞬きすら忘れ、男と猫の姿がすっかり消えてしまうまで凝視していた海里は、ああ、と意味を成さない声を上げ、石段に背中をもたせかけた。全身が脱力してしまって、そうでもしないと身体を支えていられなかったのだ。

ロイドはゆっくりと石段を上ってそんな海里に近づき、「お疲れ様でございました」と軽く頭を下げた。

「なんか……よかった感じ？」

まだ半分魂が抜けたような海里の問いかけに、ロイドははっきりと頷いた。

「まことに、ようございました。思い出の品や、愛する猫と一緒なら、決して黄泉路を迷うことはありますまい」

そう言って隣に座ったロイドの笑顔を見ながら、海里はぽつりと言った。

「せっかく夏神さんがいっぱい揚げてくれたのに、あいつ、ちっこい一つしか食べていかなかったな」

「その小さな一つでも、死者にとっては、大切な道標となったことでしょう」

「だといいけど」

そう言うと、海里は少し指先を迷わせてから、やはり幽霊が食べていったのと同じ、真ん中を抜いた丸いドーナツを一つ取り、口にぽいっと放り込んだ。

きつね色の外側はカリカリして、内側はフワッと柔らかいが、それなりに歯ごたえがあり、噛んでいると甘さと小麦の味がジワジワと増してくる。手作りでなければ味わえない、素朴で優しい味だ。

「うん、これ、真ん中のほうが確かに旨いかも」

「同じ生地なのに、でございますか?」

「たぶん、揚げ具合の差なんじゃないかな。いや、輪っかのほうもきっと旨いけど、穴を食ってると思うと、特別感があるじゃん」

「……人間というものの心がわからなくなるのは、こういうときでございますねえ」

澄ました顔でそう言いながらロイドは右手で輪のほう、左手で球のほうを取り、それぞれひと齧りずつして、「同じでございますよ」と真顔で海里を見た。

「デリカシーのない眼鏡だなあ、お前は」

呆れ顔でそう言いながら、海里も、今度は輪のほうに手を伸ばす。

深夜のピクニックにしては、寺と病院の狭間というあまりにも特殊なロケーションである。しかし、さっきまで緊張しきっていた身体が、目の前のドーナツの優しい甘さをたまらなく欲しているのだ。

「缶コーヒーくらい、買っときゃよかったな。そしたら、乾杯できたのに」

冗談めかして海里がそう言うと、ロイドは齧りかけのドーナツをビールジョッキのように持ち上げた。

「乾杯でしたら、こちらでも」

「マジかよ」

その奇妙な光景に笑ってしまいながらも、海里は自分のドーナツをヒョイと持ち上げた。

「んじゃ。猫と飼い主、ついでにオルガニートと写真、全部一気に成仏成功を祝しまして……」

「ずいぶんと長い口上でしたが、まことに結構でございました。乾杯」

「お前が先に言うなよ。……まあいいか、乾杯」

二人はドーナツを軽くぶつけ合い、同時に夜空を仰いだ。

ヒンヤリした夜風と、道路を走るトラックの走行音に紛れて、なーん、という、タクトの最後の挨拶(あいさつ)が聞こえた気がした……。

エピローグ

「お帰りなさいませ、海里様」

店の引き戸の鍵を開け、中に入るなり、そんな声が耳に飛び込んでくる。

中に入り、両手に提げていたビニール袋をカウンターに置いた海里は、「またしても、おっさんメイド喫茶かよ」と、ゲンナリした顔で言った。

今日は土曜日なので、店は休みである。

早朝から三時間ほど眠っただけで、海里は起き出し、隣室の夏神は勿論、枕元の眼鏡スタンドにいるロイドをも起こさないよう、静かに身支度をして出掛けた。

ところが、阪神芦屋駅前にある最寄りのスーパーマーケットで買い物をして戻ったところ、せっかく置いていったロイドに人間の姿で出迎えられたというわけだ。

「なんだよ、寝てりゃいいのに」

「ご心配には及びません。眼鏡には、人間のような惰眠は必要ございませんので」

「惰眠じゃねえ、必要な睡眠だ。っつか、俺は確実に睡眠不足だよ。眠い」

そう言って大あくびしながら、海里は買い物袋を開け、中身を取り出した。

トマト、コンビーフ缶、しめじ、卵……調理台に次々と並べられる食材を眺めて、ロイドは首を傾げる。

「わざわざ買ってこられなくても、ここにある食材ばかりではありませんか」

最後に薄切りの食パンを台にそっと置き、海里はこともなげに言い返した。

「夏神さんにお礼をするのに、夏神さんが買った食材を使ったら意味ねえだろ」

「夏神様に、お礼……でございますか？」

「だってほら、ここんとこ、夏神さんには色々お世話になったじゃん」

「お言葉ながら、夏神様には我々、常にお世話になり放題であると思いますが」

海里の言わんとすることが理解できず、ロイドは不思議そうな顔のままだ。

そんなロイドにはお構いなしに、海里はシンクで丁寧に手を洗った。

「それはそうだけど、ここんとこは特にって意味。旅行に連れてってもらって大散財させちまったし、こないだは、山崎さんとタクトのためにドーナツも揚げてくれたし」

海里がそう言うと、ロイドはふむふむと小さく頷く。

「確かに。旅行はたいそう楽しゅうございましたし、幽霊さんと猫さんが再び巡り合えましたのは、夏神様のドーナツあってのことでございましたね」

「うん。だから、ちゃんとお礼をしたいんだ。大したことはできないけどさ」

ようやく納得したらしいロイドは、手近にある野菜の袋を海里のために開け始める。

「では海里様は、ここしばらくのお礼に、夏神様に手料理を振る舞おうとなさっておでなのですか？」

そう問われて、海里はニッと笑った。

「そ。だけど、ただの飯じゃねえ。これから、弁当を作るんだ」

「お弁当を！」

ロイドがウサギであったなら、きっと長い耳がピンと一直線に立った瞬間だっただろう。見えない耳が見えそうな驚きの表情に、海里は思わず小さく笑った。

「あんまでけえ声出すな。夏神さんが起きちゃうだろ」

「は……これは、わたしとしたことが。失礼致しました。しかし、お弁当とはまた、素敵なアイデアでございますな」

「ちょっと前に夏神さんが、お母さんの味を思い出して弁当を作ってくれたろ。やっぱ、お礼でお返しってことを考えると、ここは一つ、俺も思い出の弁当を作ろうと思ってさ。で、昼飯に間に合うように、材料を買ってきたんだ」

それを聞いて、ロイドは目を輝かせた。

「夏神様には、わたしも海里様とほぼ同じだけお世話になっております！　是非、わたしにもお手伝いを……」

「へいへい。ほんじゃま、大サービスで、今日の弁当は俺たち二人からの感謝の気持ちってことにしますか」

そう言うと、海里はロイドの前に、薄切りの食パン一斤を置いた。

「んじゃ、とりあえず片っ端から、パンの片面にバターを塗ってくれよ。パンをあんましへこませないように、たっぷりめにな」

それを聞いて、ロイドはニッコリした。

「やはり、我が主は心優しいお方であらせられますな」

自分は卵のパックを手にした海里は、幾分迷惑そうな顰め面をした。

「何だよ、それ。おだてても何も出ねえぞ」

だがロイドは、パンの袋を開けて手を洗い、大きなまな板の上に食パンを並べながら言い返した。

「おだててなどおりません。眼鏡はいつも、本心を語るものでございます。海里様は、わたしがこうして手伝いを申し出ることを、予想しておられたのでは？」

ボウルに卵を割り入れつつ、海里は軽く口を尖らせた。

「はあ？　なんでだよ」

「即座に、火を使わずにできる仕事を任せてくださったからです。最初から、そのおつもりだったのではありませんか？」

「……知らねえ」

その返事が、何よりも雄弁な肯定である。ロイドは笑みを深くしたがそれ以上追及せず、これまた海里がわざわざ律儀に買ってきたバターの銀紙を開いた。

「海里様、マスタードとかいうものは、必要ありませんので？」

話題が変わったので、海里の表情もようやく緩む。

「ホントはバターにマスタードを合わせたほうが旨いんだろうけど、ガキの頃に食ったサンドイッチだからな。今日はお子様仕様で作る」

「なるほど。ときに、このサンドイッチのお弁当に、いかなる思い出がおありなのでしょう」

そう問われて、海里は懐かしそうな表情で答えた。

「小学校の頃さ、いつもは給食だけど、遠足のときは弁当を持っていくんだ。それが楽しみでさ。母親にあれこれリクエストしてたら、兄貴が突然超怖い顔で、『明日の弁当は、俺が作ってやる』って言い出したんだよな。すっげえ嫌だったけど、兄貴の顔が怖すぎて、絶対断れない雰囲気だった。母親も喜んでたし」

「おや、それは素敵な提案ではありますが、また何故？」

海里は複雑な面持ちで、店でいちばん大きなフライパンを火にかけた。缶の形のままのコンビーフをどんと載せて弱めの中火で焼きながら、脂が溶けて柔らかくなった部分を木べらで崩していく。

「表向きは、毎日仕事で疲れてる母親に負担をかけるなって言い分だったけど、それ以上に、無邪気に母親に甘える俺にむかついてたんだろうな。今は何となくわかる」

「子供は、親に甘えるものなのでは？　少なくとも、わたしの持てる知識によれば」

「まあ、そうだよな。だけど、兄貴はそうじゃなかったから。父親が死んだ瞬間から、兄貴は子供時代を捨てて、早く大人に、父親の代わりになろうとしてた。その理由の七割くらいは、俺だろ。なのにその俺が、さも当然みたいなツラで母親にへばりついてりゃ、腹も立つよな」

「なるほど。ご立派な覚悟です。しかし、お父上が亡くなった事実は、海里様にしても同じでございましょうに」

「俺は、ちっちゃかったからな。事情も何も、さっぱりわかってなかった。だけど当時の兄貴は、今の俺より全然年下だったのに、すべてを背負おうとしてたんだ。すげえことだよ」

　何だかよくわからないと言いたげな顔のロイドにはお構いなしで、海里はコンビーフを丹念に解しながら話し続けた。

「自分もまだ十分過ぎるくらいガキだったのに、俺のために我慢ばっかしてたんだと思うと、素直に悪かったと思うよ。そりゃ、俺はそんなこと一言も頼んでないし、何かと恩着せがましい兄貴がずっと重たくてウザかったけど、でも」

「でも？」

「兄貴がいたからこそ、俺は今、ここにいられるんだ。それは事実だろ。それに、いくら自発的にやったことだとしても、俺が分からず屋すぎたから、文句の一つも言いたくなったんだろ。今なら、その気持ちもわかる。誰だって、努力が報われてほしいんだ。そのためにやったんじゃなくても、やっぱ褒められたいし、認められたいし、感謝されたいんだよ」

そう言いながら、海里はタマネギを薄くスライスしてコンビーフから出た脂で炒め、そこにしめじを加えて塩胡椒で味をつけた。

ロイドは淀みなく動く海里の手元をチラリと見やり、自分もバター塗りの作業を続けながら、しみじみとこう言った。

「海里様が兄上様のお心を理解なされたからこそ、お二方は仲直りできたのでしょうね」

その言葉には、海里も素直に同意する。

「そうだな。時々、兄貴ともっと早く話せるようになってりゃよかったと思う。けど結局んとこ、兄貴も俺も別れ別れの間に色んなことを経験して、やっと、お互いの立ち位置とか、気持ちとか、少しは想像して折り合えるようになったんだ」

そこで言葉を切って、海里はざく切りにしたトマトをフライパンに加えた。ざっと火を通したら、トマトが崩れる前に溶き卵を流し込み、菜箸でゆったりと掻き混ぜる。

「なんていうか……今だって、兄貴みたいな生き方はできないし、言ってることがわかんないこともある。だけど、たとえわかり合えなくても、わかろうと努力することで、人って近づけるんだなって、最近思うんだ。上手く言えないけど、少なくとも兄貴は、俺に向かってシグナルを出し続けてくれてた。だからこそ、俺たちの関係が、完全に切れずに済んでたのかなって」

正しい言葉を探しながらも、海里の手は少しも迷わない。

ほどなく、大きなフライパンいっぱいに、平たいオムレツが焼き上がった。

あら熱を取ってから海里はオムレツを薄く切り分け、ロイドがバターを塗ったパンの上に並べて、マヨネーズを少量、続いてケチャップをたっぷり塗りつける。

「見てくれはイマイチだろ？　だけど兄貴がさ、何でも卵にぶち込んで焼けば旨くなる！　何でもマヨとケチャップをかけりゃ旨くなる！　そう怖い顔で断言するもんだから、俺、ビビって何も言えなくてさ。だけど、遠足に出掛けて、昼に神社の境内で食ったら、これが旨くて旨くて」

海里は懐かしそうにそう言いながら、オムレツの上からもう一枚のパンを重ねた。

ロイドは微笑んで、ただ耳を傾けている。

「夏神さんがさ、死んだ恋人の家族に、手紙を送り始めたじゃん。あれ、たぶん、夏神さんもつらいけど、それを突き返すご遺族はもっとつらいと思うんだ。だけど、夏神さんが一生何もしなけりゃ、それでご遺族が心穏やかに暮らせるってもんでもないだろ」

「わたしには人間の心はよくわかりませんが、おそらく」

「だから……夏神さんが勇気を振り絞って出したシグナルが、いつか、ご遺族に受け取ってもらえるか、万が一そうじゃなくても、何かを生み出せばいいなって、俺は勝手にそう思ってる」

海里は想いを込めるように、次々とパンを重ね合わせ、手のひらで優しく圧して馴染ませていく。

「夏神さん、冬山で遭難して、恋人が亡くなって、自分も何もかも失ってさ。それから今日まで色々あったわけだろ。俺と同じように、夏神さんにとっても、その全部が必要な時間、必要な経験だったんだって、俺は思いたいんだ。時間さえ経ちゃ何もかもがいいほうへ転がるってことはないだろうけど、それでも過ごした年月と経験が開いてくれる扉もあるって、俺も夏神さんと一緒に信じたいんだ」

自分も信じると言いたげに深く頷くロイドにチラと笑いかけて、海里は夏神の大きな包丁を借り、サンドイッチを切り分けた。

「兄貴は、頼みもしないのに俺のことを育ててくれた。夏神さんは、やっぱり頼みもしないのに俺の命を助けてくれた。そんで今も二人とも、俺を見守ってくれてる。だから俺も、二人を助けたい……ってのは無理にせよ、こう、倒れかかったとき、はしっと支えられるか、最悪、転ぶときは下敷きになるくらいのことはしたいなって思ってんだよ。……まだ実力も財力も何もない俺が言ったって、寝言にしかならねえから、今のを全部、サンドイッチに込めとく。言霊サンドだな。……つか、なし。今の全部、なし。忘れてくれよ。なんか恥ずかしい」

真剣に語り過ぎたことに気づき、盛大に恥じらう海里に、ロイドは大真面目な顔で相づちを打った。

「海里様がそうお望みでしたら、わたしは何も聞かなかったことに致します。しかし、夏神様は勘のいいお方です。サンドイッチを召し上がれば、海里様のお心に、きっと気付かれることと思いますよ」

「そりゃねえだろ、いくら何でも。エスパーじゃないんだからさ」

切り分けたサンドイッチを、色気のない密封容器二つに詰め、「一つは夏神さん、もう一つはお前な」と言って蓋を閉めると、海里はこう言った。

「なあ、ロイド。俺が近場へちょっと出掛ける間くらいなら、お前、人の姿でいられるんだろ？　だったら、夏神さんが起きたら、そのサンドイッチを渡してくれよ」

そう言いながら、海里は二階のほうを指さした。ロイドは不思議そうに首を傾げる。

「ご自分で、差し上げないのですか？」

「ん……そうしたいけど、ちょっと用事が出来たから。出掛けてくるわ」

「用事？　何か、お急ぎのお約束でも？」

「や、約束はしてないけど……ずっと忘れてたことを思い出したんだ。だから、善は急げって奴」

「なるほど。で、どちらへ行かれるのです？」

「実家。こないだ奈津さんとＬＩＮＥしたとき、週末はガーデニングに励むって言ってたからさ。たぶん兄貴も一緒だろ」

「ご実家に？　兄上様に会いに行かれるのですか？」

驚くロイドに、出入り口まで行って振り返った海里は、照れ臭そうにこう言った。

「俺、あの日、遠足から帰って、兄貴に『サンドイッチ旨かった、ご馳走様』って言うの忘れてた。また忘れるといけないから、ちょいと言ってくる。兄貴にとっちゃ、もうどうでもいいっていうか、たぶん忘れてるだろうけど、一応、礼儀だからな」

「おお！」

それを聞くなり、ロイドは「しばしお待ちを！」と、カウンターの中に駆け込んだ。そして、海里がロイド用に詰めたサンドイッチの容器を持ってきて、海里に差し出す。

「ならば、これをお持ちくださいませ！」

「けど、これはお前の」

「わたしは、また作っていただくことと致します！　どうかこれを、お礼の言葉と共に、兄上様に。海里様の成長を、嬉しく噛みしめてくださることでありましょう」

それを聞いて、海里はちょっと泣きそうに顔を歪めた。しかし、彼はすぐに表情を取り繕うと、容器を受け取り、肩を小さく竦めた。

「兄貴に、そんなデリカシーがあるとは思わないけど……ま、手土産くらいあったほうがいいか。行ってくるわ」

「はい。お気をつけて！」

とびきりの笑顔で主を見送ったロイドは、引き戸を閉めかけた手を止め、店の外に一歩出てみた。

おそらく阪急芦屋川駅に向かっているのだろう、芦屋川沿いに北上していく海里の後ろ姿が見える。

店の北側にある教会の前まではゆっくり歩いていた海里が、はやる気持ちをそのままに駆け出したのを見届けて、年を経た眼鏡は、にっこり笑って店に戻った。

そして、「もうお行きになりましたよ」と、階段でずっと聞き耳を立てていた、おそらくは涙目の夏神に声を掛けたのだった……。

ロイド、ひとりでできるかな？

如何お過ごしでしょうか。皆様ご存じの素敵な眼鏡、ロイドでございます。

先日、日頃の感謝を込めて、海里様が夏神様のためにサンドイッチをお作りになりました。無論、夏神様は、たいそうお喜びでありました。

その際、わたしもささやかにお手伝いさせていただいたものの、わたし自身、夏神様には大変にお世話になっております。やはりここはひとつ、わたしも手作りの料理で夏神様への感謝の気持ちを表現すべきではないかと。

そこで海里様にご相談申し上げたところ、セルロイドの「熱に弱い」という性質にご配慮の上、いくつか火を使わない簡単なレシピをご提案いただきました。

そして真剣に検討した結果、わたしはこのたび、夏神様にコールスローを作って差し上げることに致しました。

やはり、新鮮な野菜をたっぷり食べることが、人間には必要なようでございますからね。

夏神様には健康第一に過ごしていただき、これからもお世話になり続けたいという気持ちを、目いっぱい野菜にこめる所存であります。

では、シャツの袖をまくり上げ、エプロンをつけ、綺麗に手を洗って、調理に取りかかると致しましょう。

何故か、心配そうな顔の海里様が客席で見守ってくださっていますが、これまでさんざんお手伝いをしてきたわたしです。立派にひとりでやり遂げてみせますよ。

まずはキャベツを千切りに致します。今回は中くらいのサイズですから、半分もあれば十分でしょう。

はい？　眼鏡に千切りなんかできるのか、ですって？

ふふ、わたしくらいになると、千切りをするのに、スライサーという文明の利器を使えるようになるのですよ！

さくさくと千切りにしたら、今度は包丁で切ります。口に入れやすい長さに整えるといいですね。

さらに、人参二分の一本を出来るだけ細い千切りに、タマネギ三分の一個から二分の一個も、できるだけ薄いスライスにします。

おわかりでしょうが、こちらもスライサーがあると大変に楽……いえ、速やかに作業が進みます。

ええ、勿論です。包丁でも出来ますが、効率を考え、敢えてスライサーを使っているのです。……海里様。そんなに首を傾げておられると、頭が落ちてしまうかもしれませんよ？　お気をつけて。

次に、切った野菜をすべて、大きめのボウルに入れます。塩を小さじ半分ほど振り入れ、ぐるりと混ぜ合わせて、しばらく置きましょう。この間に、洗い物などしておくとスマートですね。

野菜が全体的にぐんにゃ……いえ、しんなりしたところで、両の手のひらで包める分量ずつ、ギュッと握って水気を絞りましょう。とはいえ、すべての水気を絞りきってしまわないよう、優しく、優しくですよ。

そうしたら、あとは味付けです。

塩気はもう十分でしょうから、次は甘みです。

といっても、野菜には自然な甘みがありますから、それを補ってあげる程度……そうですね、小さじ一杯くらいのお砂糖を入れてみましょう。

あとは、サラダといえば酸味。お酢です。

海里様は、ワインビネガーとか何とか仰せでしたが、「ばんめし屋」には、そのように洒落た品はございません。米酢でようございましょう。大さじ二杯ほど入れて、全体をキリッと引き締めます。

最後に加えますのは、油です。上質な油は、生野菜の美味しさを引き立ててくれますからね。

海里様はオリーブオイルをお使いになるとのことでしたが、ここにあるのは米油かごま油でございます。この場合、やはり癖のない米油を使うべきでしょうね。こちらは大さじ二杯、あるいは量によっては三杯ほどを加えましょう。

油に限らず、調味料と申しますものは、たいてい少なめに加え、味見をしながら足してゆき、最終的に過不足ないように整える、というのが大原則だとか。

わたしも夏神様と海里様のそうした教えに従いまして、やや控えめの味付けにしてみました。サラダはたくさん食べられたほうがようございますから、一口めは薄味かな、と思う程度がよろしいかと。二口、三口と食べ進めるうちに、ちょうどよくなってくるように思います。

そういえば海里様は、俳優をなさっていた頃、ダイエットのために毎日サラダだけを食べ続け、栄養失調で倒れておしまいになったことがあると言っておられましたねえ。

え？　余計なことをばらすな？　これは失礼致しました。

いくらこのコールスローが美味しいからといって、そればかり召し上がっていてはいけませんよ、と申し上げたかっただけなのです。

さて、調味料を入れましたら、手でよく混ぜ合わせましょう。菜箸でも構いませんが、やはりかようなときは、手がいちばんでございます。

そうしたら、野菜の上にラップフィルムを載せ、ボウルにスッポリ入るサイズのお皿を伏せて置き、軽く重石をする状態で、冷蔵庫に入れておきましょう。

ます。

三十分から一時間ほど置いていただければ、しっとりと味が馴染(なじ)んで、食べ頃になり

ですが、これでは海里様に教えられたままを作ったのみ。今ひとつ、何と申しました

か……そう、オリジナリティ、とやらが発揮できません。

そこでわたしは、大好物であるところのスイートコーンを混ぜることに致しました。

分量は……そうでございますねえ、好きなだけ、と申し上げましょうか。今回は、小

さな缶一つ分を、そっくり入れてしまうことに致します。

コーンの甘さと歯ごたえが、素敵なアクセントとなってくれることでありましょう。

色合いも、ぐんと華やかになりました。

さっそく、本日のまかないに、このサラダを添えて召し上がっていただこうと思いま

す。

ささ、海里様、厨房(ちゅうぼう)が空きました。どうぞ、まかないの調理に取りかかってください

ませ。ちなみに本日は何を……。

フライドチキン、で、ございますか?

珍しいですね。唐揚げではなく?

ほう、コールスローには、フライドチキンが鉄板……と。

さような決まりごとは初耳でございますが、チキンとサラダであれば、無理なく組み

合わせることができますね。夏神様にも、喜んでいただけそうです。

それにしても、大切な方の喜ぶ顔を思い浮かべて料理をするというのは、楽しいものでございますねえ。

実際にわたしの作ったサラダを口にした夏神様がどんなお顔をなさるかと想像すると、ドキドキ致します。

なるほど、いつも美味しい食事を作ってくださる夏神様や海里様も、そのようなお心持ちでいらっしゃるのですね。

それは勝手な思い入れだから、気にしなくていい？

勿論そうかもしれませんが、わたしはこれより、美味しい、嬉しいという気持ちは積極的に、表情と言葉に出していこうと思いました。

これもまた、わたしの勝手な決意でございますが。

さすれば、食べるわたしは幸せ、作ってくださった方も、きっと幸せに感じていただけるのではないかと。

皆が幸せになって、困ることはございませんよね。

あっ、海里様、コールスローをご試食なさいますか？

はい、素敵な反応、大いに期待しておりますよ。

ではどうぞ、あーん……。

こらどうも、夏神です。今回はちーと目先を変えて、作中で俺が作っとった弁当のレシピをご紹介するっちゅうことで。いつもより品目が多いんで、レシピが長うなりますけど、どれも簡単やから心配せんと。一品ずつ順番に、気楽に作ったってください。

夏神さんのお弁当

★材料（3～4人前。このくらいの量が作りやすいんと違うかな）

☆そぼろご飯

牛挽き肉　250gくらい（弁当には、赤身多めのほうがええね）

油 少々

卵　3～4個

きぬさや 少々（残ったら、夕飯の彩りにでも使うてな）

酒か水　大さじ3

砂糖　大さじ1～1.5

醤油　大さじ2（冷めると甘みを感じにくうなるから、少し甘いくらいが吉や）

☆きんぴら牛蒡

牛蒡　1本（ささがきになった奴を買うんやったら、120～150gくらいやな）

こんにゃく　1/2枚

酒、みりん、醤油　大さじ2ずつ（こってり好きやったら、みりんの代わりにザラメを使うてな）

油　大さじ1弱（ごま油を混ぜると香ばしゅうなるで）

一味唐辛子 少々（わざわざ買うんが面倒なら、何かについとった七味唐辛子なんかでもええよ）

いり胡麻　あれば少々

☆サツマイモの甘煮

サツマイモ　1本（弁当には細めが詰めやすうて便利やね）

出汁　2カップくらい

砂糖　大さじ1

醤油　大さじ1（あれば、薄口のほうが色合いが綺麗やな）

☆その他

ブロッコリー　適量（残りは食卓へ！）

ソーセージ　好きな奴を好きなだけ

プチトマト　適量

ご飯　適量（今回はそぼろご飯がメインやから、いつもよりちょっと多めにな）

イラスト／くにみつ

★作り方

❶真っ先に、芋の甘煮を作ろう。小鍋に、約1センチの厚みにスライスしたサツマイモを入れて、たっぷり被るくらい出汁を張る。面倒やったら一緒でもええけど、できたらまずは砂糖だけ入れて火にかけて、沸騰したら弱火にして10分くらい煮よう。1きれ齧ってみて、柔らかかったら醬油を入れて、一煮立ちしたら火ぃ止める。あとは、冷めるまで放っといてええよ。冷めるときに味がよう沁みていくから、冷ます過程は省かんといてな。これは前もって作っといてもええくらいや。そんときは、弁当を詰める前に、いっぺん火ぃ通してな。

❷きんぴら牛蒡は、まずは牛蒡を洗ってささがきにする。包丁を使うて、鉛筆を削る要領でやってもろたらええけど、難しかったらピーラーでシャコシャコ削ってな。こんにゃくは、ささがきと同じくらいに刻んで、さっと茹でてざるに空ける。水を掛けたりせんと、そのまま放っといてな。
フライパンに油を引いて、まずは牛蒡を入れて、よう油を馴染ませる。次にこんにゃくや。順番を逆にすると、油が跳ねて大変やから、気ぃつけてな。ざっと炒めたら、酒、みりん、醬油をいっぺんに入れて、一味唐辛子を振る。火加減は強めの中火で、汁気がほとんどなくなるまで炒りつけてな。で、仕上げにお好みでいり胡麻を絡めて完成や。

❸ほな、そぼろご飯に取りかかろか。豆は歯ごたえがあるくらいに茹でて、斜めに細うスライスしといてな。
フライパンに油をちょっとだけ引いて、牛挽き肉を木べらでほぐしながら炒めよう。酒か水を最初から振りかけて炒めると、ほぐれやすうなるで。肉がばらけてあらかた火が通ったら、砂糖と醬油を入れて、焦がさんように、汁気がほとんどなくなるまで煮詰めたら完成や。

そぼろを別容器にどけたら、フライパンを洗って、また火にかける。油をちょっと引いて、ようといた卵をジャッと入れる。菜箸でゆったり混ぜて、好きな細かさの炒り卵を作ろう。作ってすぐ食べるんやったらとろっと仕上げてもええけど、弁当にするんやったら、よう火ぃ通してな。

❹ほな、弁当箱に詰めよか。まず、ご飯を少し浅めに盛ったら、その上に、「こんなに?」っちゅうくらいたっぷり、そぼろと卵を半々で敷き詰めて、境界線にスライスした豆を並べよう。色合いが鮮やかになって、ええな。あとは、空きスペースに、きんぴら牛蒡、サツマイモの甘煮、それに茹でたブロッコリー、プチトマト、炒めたソーセージを詰めたら完成や。

弁当箱は、あら熱が取れてから蓋をするようにな。
箸と一緒に、スプーンをつけといたほうが、
食べやすいかもしれん。

本書は書き下ろしです。
この作品はフィクションです。実在の人物、団体等とは一切関係ありません。

最後の晩ごはん

黒猫と揚げたてドーナツ

椹野道流

平成28年 12月25日　初版発行

発行者●郡司 聡

発行●株式会社KADOKAWA
〒102-8177　東京都千代田区富士見2-13-3
電話 0570-002-301（カスタマーサポート・ナビダイヤル）
受付時間 9:00～17:00（土日 祝日 年末年始を除く）
http://www.kadokawa.co.jp/

角川文庫 20113

印刷所●株式会社暁印刷　製本所●株式会社ビルディング・ブックセンター

表紙画●和田三造

◎本書の無断複製（コピー、スキャン、デジタル化等）並びに無断複製物の譲渡及び配信は、著作権法上での例外を除き禁じられています。また、本書を代行業者などの第三者に依頼して複製する行為は、たとえ個人や家庭内での利用であっても一切認められておりません。
◎定価はカバーに明記してあります。
◎落丁・乱丁本は、送料小社負担にて、お取り替えいたします。KADOKAWA読者係までご連絡ください。（古書店で購入したものについては、お取り替えできません）
電話 049-259-1100（9:00 ～ 17:00/土日、祝日、年末年始を除く）
〒354-0041　埼玉県入間郡三芳町藤久保550-1

©Michiru Fushino 2016　Printed in Japan

ISBN978-4-04-104895-5　C0193

角川文庫発刊に際して

角川源義

第二次世界大戦の敗北は、軍事力の敗北であった以上に、私たちの若い文化力の敗退であった。私たちの文化が戦争に対して如何に無力であり、単なるあだ花に過ぎなかったかを、私たちは身を以て体験し痛感した。西洋近代文化の摂取にとって、明治以後八十年の歳月は決して短かすぎたとは言えない。にもかかわらず、近代文化の伝統を確立し、自由な批判と柔軟な良識に富む文化層として自らを形成することに私たちは失敗して来た。そしてこれは、各層への文化の普及滲透を任務とする出版人の責任でもあった。

一九四五年以来、私たちは再び振出しに戻り、第一歩から踏み出すことを余儀なくされた。これは大きな不幸ではあるが、反面、これまでの混沌・未熟・歪曲の中にあった我が国の文化に秩序と確たる基礎を齎らすためには絶好の機会でもある。角川書店は、このような祖国の文化的危機にあたり、微力をも顧みず再建の礎石たるべき抱負と決意とをもって出発したが、ここに創立以来の念願を果すべく角川文庫を発刊する。これまで刊行されたあらゆる全集叢書文庫類の長所と短所とを検討し、古今東西の不朽の典籍を、良心的編集のもとに、廉価に、そして書架にふさわしい美本として、多くのひとびとに提供しようとする。しかし私たちは徒らに百科全書的な知識のジレッタントを作ることを目的とせず、あくまで祖国の文化に秩序と再建への道を示し、この文庫を角川書店の栄ある事業として、今後永久に継続発展せしめ、学芸と教養との殿堂として大成せんことを期したい。多くの読書子の愛情ある忠言と支持とによって、この希望と抱負とを完遂せしめられんことを願う。

一九四九年五月三日

最後の晩ごはん

ふるさととだし巻き卵

椹野道流

泣いて笑って癒される、小さな店の物語

若手イケメン俳優の五十嵐海里は、ねつ造スキャンダルで活動休止に追い込まれてしまう。全てを失い、郷里の神戸に戻るが、家族の助けも借りられず……。行くあてもなく絶望する中、彼は定食屋の夏神留二に拾われる。夏神の定食屋「ばんめし屋」は、夜に開店し、始発が走る頃に閉店する不思議な店。そこで働くことになった海里だが、とんでもない客が現れて……。幽霊すらも常連客!? 美味しく切なくほっこりと、「ばんめし屋」開店！

角川文庫のキャラクター文芸

ISBN 978-4-04-102056-2

ローウェル骨董店の事件簿

椹野道流

骨董屋の兄と検死官の弟が、絆で謎を解き明かす！

第一次世界大戦直後のロンドン。クールな青年医師デリックは、戦地で傷を負って以来、検死官として働くように。骨董店を営む兄のデューイとは、ある事情からすっかり疎遠な状態だ。そんな折、女優を目指す美しい女性が殺された。その手には、小さな貝ボタンが握られていた。幼なじみで童顔の刑事エミールに検死を依頼されたデリックは、成り行きでデューイと協力することになり……。涙の後に笑顔になれる、癒やしの英国ミステリ。

角川文庫のキャラクター文芸

ISBN 978-4-04-103362-3